L'ANGELO INNAMORATO

Voi, voi che noi amiamo
Voi non ci vedete, non ci sentite
Ci credete molto lontani
eppure siamo così vicini.

Siamo Messaggeri che portano
la Luce a chi è nell'oscurità.
Siamo Messaggeri che portano
la Parola a coloro che chiedono.

Non siamo Luce, non siamo Messaggio.
Siamo i Messaggeri,
noi non siamo niente.

Voi siete il nostro tutto.

Il Messaggio è l'Amore.

Lasciateci vivere nei vostri occhi,
guardate il vostro mondo attraverso noi.
Riconquistatevi insieme a noi
lo sguardo pieno d'amore.

E allora saremo vicini a voi,
E voi a Lui.

(IN WEITER FERNE, SO NAH!)

("*Così lontano, così vicino*", un film di Wim Wenders)

CAPITOLO I

"Andrew e Morea"

"Niente è più dolce di un frutto proibito".

Morea Taylor non aveva mai visto piovere come quella notte.

Sembrava di essere in "*Cime Tempestose*", in mezzo alla brughiera esposta ai capricci del cattivo tempo e Rea (come la chiamavano tutti) non si sarebbe stupita affatto di veder comparire improvvisamente fuori dalla finestra il fantasma di Cathy, che supplicava di farla entrare.

Di cose strane ne stavano accadendo fin troppe, nella sua vita.

Il vento faceva sbattere le imposte, le fronde degli alberi picchiavano contro il vetro come mani che bussavano, implorando rifugio dalla pioggia che cominciava a cadere sempre più fitta. Le gocce martellavano con crescente accanimento.

Rea stava aprendo le finestre una ad una, lottando contro il vento che le spingeva via la mano, mentre si protendeva con tutta la sua forza per acchiappare le imposte e sigillare la casa dall'attacco delle intemperie.

I suoi lunghissimi capelli neri venivano sferzati indietro dalla violenza delle raffiche, e le braccia nude (poiché indossava soltanto una canottiera dalle spalline strette e un paio di calzoncini corti) venivano picchiettate dalle gocce, simili a tante punture di spillo.

-Dannazione!- esclamò, sollevandosi sulle punte dei piedi scalzi, dalle unghie tinte di nero.

Non le dava fastidio essere a contatto col gelido pavimento di marmo. Dopotutto non si trovavano nello Yorkshire di Emily Bronte!

- Serve aiuto?- chiese una voce dal timbro maschile, che alle orecchie di Rea giunse come il suono di un'arpa.

Aveva sperato, anzi, *pregato* che *lui* venisse, ma si era anche preparata ad incassare una possibile delusione.

E invece, ora *lui* si trovava proprio alle sue spalle.

La ragazza ebbe un sussulto di gioia, e un sorriso raggiante le si disegnò immediatamente sul volto.

-No, grazie, ce la faccio- rispose declinando l'offerta.

Quello era il suo motto, perché per Rea era un imperativo categorico fare tutto senza l'aiuto di nessuno.

Dovette allungarsi più che poteva, ma alla fine riuscì a sfiorare con la punta delle dita il gancio di metallo e a tirarlo.

Ma, anche quando ebbe serrato per bene tutte le imposte, la pioggia continuava ad aggredirle anche da chiuse, con un rumore simile a tanti sassi scagliati contro il legno.

Nell'operazione si era bagnata non poco, e si ritrovò coi capelli imperlati di pioggia, che sgocciolava sul pavimento.

Quando si voltò, Andrew era lì di fronte a lei.

Era la creatura più incredibile e meravigliosa che Rea avesse mai immaginato di poter vedere nella sua vita.

Vestito di un bianco accecante, era circondato da una luce che irradiava Pace, Tranquillità, Speranza.

Poi la luce svanì ed egli assunse sembianze umane, come usava fare quando interagiva con gli esseri mortali.

Aiutò Rea a frizionarsi i capelli con un asciugamano, mentre lei teneva la testa china. Poi la ragazza gettò i capelli all'indietro, che ricaddero in una cascata, nera come le ali di un corvo, lunghi fino in fondo alla schiena. E ricambiò il sorriso di Andrew.

Andrew!

Non c'erano parole per descriverne la bellezza : semplicemente, non era *umana* !

Mentre lo raggiungeva in salotto, sedendosi accanto a lui sul divano, non seppe resistere e si voltò a guardarlo e le apparve così bello, così radioso, che si trattenne a stento dall' allungare una mano e sfiorargli il viso.

Trattenne il fiato.

Andrew!

Quei capelli color grano, che gli ricadevano morbidi sulle spalle larghe, erano illuminati da una luce più potente di quella del Sole. I suoi grandi occhi verdi erano così pieni di ...

Amore ?!?

Rea si stupì di aver pensato quella parola.

Eppure Andrew era un Angelo, un Messaggero di Dio, e dunque nessun' altro termine era più appropriato.

La ragazza sospirò e posò lo sguardo sulle proprie mani, giocherellando nervosamente con le unghie lunghe e levigate.

Non c'era futuro nell'inseguire la fantasia che un Angelo poCelestee vedere in lei qualcosa di più di un semplice essere umano e forse era addirittura superbia illudersi di possedere delle doti che poCelesteero affascinare una creatura forgiata in Paradiso, così pura e così perfetta.

Eppure Rea avrebbe giurato che a volte, quando credeva di non essere visto, Andrew la spiasse con la coda dell'occhio. Sentiva su di sé il suo sguardo come una seconda pelle, che la seguiva in ogni suo movimento, e allora non poteva fare a meno di chiedersi se anche lui...

Non ebbe il coraggio di terminare la frase, nemmeno col pensiero.

- Che film stavi guardando?- le chiese intanto Andrew, vedendo scorrere i titoli di coda sullo schermo del televisore, che era stato dimenticato acceso. Sembrava del tutto ignaro del tumulto che si agitava nell'animo di Rea, seduta a pochi centimetri da lui.

Rea spense il televisore col telecomando.

- E' "*Il cielo sopra Berlino*", di Wim Wenders- rispose.

"Oh, Dio onnipotente!" pensò intanto la ragazza. "Fra tutti i film, proprio questo...!"

-Non credo di averlo mai visto- disse lui, corrugando lievemente le sopracciglia biondissime, come a frugare nella sua millenaria memoria. E poi sorrise, in quel modo tutto suo particolare che faceva attorcigliare lo stomaco a Morea.

-E' un film tedesco- spiegò lei, - un po' noiosetto per la verità...e molto diseducativo, direbbe Celeste!- aggiunse, storcendo il labbro al solo pensiero dell' ultimo colloquio che aveva avuto con lei.

Celeste era un altro Angelo, un'amica di Andrew.

Quest'ultimo scoppiò a ridere, con la sua risata argentina.

Anche la sua voce era irresistibile, come il canto delle sirene di Ulisse.

-E cos'ha di tanto diseducativo?- chiese.

"Ecco, ci siamo!" pensò Rea.

-Parla...parla di un Angelo...-iniziò a raccontare, mentre si sentiva ribollire dentro.

-Aiuta le persone, proprio come fai tu. Ma un giorno vede una ragazza umana, e non ha mai visto un essere umano così bello come lei...-

Fece una pausa, ed ebbe l'impressione di non sentire più Andrew respirare, tanto era assorto nell'ascoltarla.

-Si innamora di lei, ma non sa come fare, perché...-

Esitò.

-Perché è un Angelo- terminò Andrew la frase, con un velo di tristezza nella voce.

-Esatto- continuò Rea, senza osare alzare gli occhi dalle proprie unghie.

-Ma la ama così tanto, che alla fine decide di diventare umano...per poter stare per sempre assieme a lei-.

Calò un silenzio fitto, che nessuno dei due osava infrangere, come se ogni parola avesse potuto costituire un'insidia, un pericolo.

Andrew si alzò in piedi e si diresse lentamente verso il tavolo, sempre tenendo le spalle voltate.

Anche Rea si alzò, di scatto.

Lui si voltò, accennando un sorriso spento:-Sì, non credo che questo film piacerebbe a Celeste- convenne.

Rea si sentì avvampare in volto come se avesse avuto la febbre e i suoi occhi neri incontrarono quelli verdi di Andrew.

Sentì come un grido salirle da dentro, qualcosa che aveva cercato di reprimere da troppo tempo e ormai non poteva più trattenere, come un fiume in piena che rompe gli argini con la sua furia.

-Che Dio mi perdoni, perché io...Io ti amo, Andrew!- esclamò.

Andrew rimase a fissarla, serio, e la ragazza quasi si pentì di quello che aveva appena confessato a lui e a se stessa.

Ma ormai aveva attraversato il Rubicone : era troppo tardi per tornare indietro.

-Che Dio perdoni anche me, allora- proruppe improvvisamente la voce dell'Angelo, -perché anch'io ti amo!-

Rea non poteva credere alle proprie orecchie : mai avrebbe creduto di sentirgli dire una cosa del genere!

Per un istante, lungo come l'eternità, rimasero immobili come statue.

Poi si mossero quasi contemporaneamente, e improvvisamente si ritrovarono l'uno nelle braccia dell'altra.

C'era quasi della goffaggine nel modo frenetico in cui le loro mani si muovevano, cercandosi e accarezzandosi.

Andrew scostò con delicatezza dal viso di Rea i capelli ancora leggermente umidi, e, nel compiere quel gesto, le sfiorò involontariamente la pelle liscia e morbida, facendola sussultare al suo tocco.

Non aveva la minima idea di quello che stava facendo: era tutto così nuovo per lui, ma le sue mani sembravano avere una volontà propria.

Morea sembrava inconsapevole del potere che esercitava su di lui e questa mancanza di affettazione la rendeva ancora più irresistibile.

L'Angelo non poté fare a meno di ammirare incantato i suoi lineamenti, delicati e allo stesso tempo ben definiti; di indugiare sulla curva sottile del naso; di soffermarsi, infine, sui suoi grandi occhi scuri, che brillavano come torce infuocate. Le passò il pollice lungo la guancia, percorrendola in tutta la sua lunghezza, sollevandole il mento.

Rimasero così un istante, a guardarsi fissi negli occhi a pochi centimetri l'uno dall'altra, e Rea si lasciò annegare nel mare verde di quello sguardo, nel quale riconobbe la sua stessa bramosia.

E finalmente sentì posarsi sulle sue labbra tremanti quelle labbra che aveva sognato così disperatamente di sentire.

Erano calde e dolci, esattamente come le aveva immaginate.

Andrew non aveva mai baciato nessuno sulle labbra, da che il Padre lo aveva creato, né aveva mai provato il desiderio di farlo, prima che Rea irrompesse nella sua esistenza.

Gli suscitò un' emozione che non aveva mai provato prima.

Si era impossessata di lui e gli si era insinuata dentro, riempiendo tutto il suo essere.

Era stato qualcosa di violento, come se il suo corpo fosse stato attraversato da un fulmine. Ma anche terribilmente dolce e seducente e il cuore gli percuoteva così forte il petto che sembrava sul punto di esplodere, confondendosi con lo scrosciare martellante del temporale che infuriava all'esterno.

Ma all'improvviso udirono il cigolìo della porta che si apriva.

Oh, no! Celeste!!!

In un decimo di secondo si staccarono l'uno dall'altra e Rea si passò una mano sulle labbra umide di saliva.

Celeste entrò nel soggiorno, bagnata da capo a piedi. Quando era nel suo corpo umano aveva l'aspetto di una corpulenta donna di mezza età.

Vide Andrew accanto al tavolo, piuttosto accaldato in volto, e Rea poco distante, con un'aria che le apparve subito alquanto strana. Li studiò entrambi con sospetto.

-Ciao, Celeste- la salutò cordialmente Andrew. -Come... come mi hai trovato?- domandò, cercando di apparire naturale, anche se si sentiva ancora come se la tempesta fosse nel suo stomaco.

Rea era scomparsa in cucina, farfugliando che doveva mettere a bollire l'acqua del thè.

-Non è stato troppo difficile- rispose Celeste, continuando ad aggirarsi per la casa come un detective sulla scena di un crimine, disseminando gocce di pioggia lungo tutto il tragitto.

-Ultimamente, quando non hai un incarico, sei sempre qui!-

Era vero: appena aveva terminato i suoi doveri di Angelo, volava letteralmente a casa di Rea.

-Ti prego, Celeste!- esclamò quest'ultima dalla cucina, con fare canzonatorio. -Continua pure a sgocciolare sul mio pavimento, per favore. Io adoro passare lo straccio!-

Celeste fece una smorfia e aveva già sulla lingua la risposta bell'e pronta, ma si trattenne. Quella Morea! Aveva il potere di mandare fuori dai gangheri persino un Angelo!

Il modo in cui guardava Andrew, poi, preoccupava Celeste non poco.

Aveva osservato come protendeva la testa verso quella di lui per parlargli, quasi sfiorandolo con le ciocche dei capelli, come se stesse svelando al suo padre confessore tutti i suoi peccati e non volesse essere udita da nessun altro. Il modo in cui i suoi occhi seguivano ogni movimento della bocca di Andrew quando lui le parlava. La continua, apparente casualità con cui la sua mano finiva sempre involontariamente per toccare quella di lui.

Ma, quello che forse le era sfuggito, era come Andrew si accaldasse ogni volta che Rea gli si avvicinava, come fosse ebbro di felicità nel parlarle, come trasalisse ogni volta che si lasciava toccare da lei.

Andrew si sentiva terribilmente a disagio, come se Celeste avesse potuto leggergli in volto quello che era accaduto poco prima.

Sapeva che non avrebbe capito quello che provava: ci riusciva lui a stento, e ancora non era in grado di condividere i suoi sentimenti con altri.

Gli venne in mente la prima volta che aveva visto Morea, quando ancora era un Angelo come tutti gli altri, e il suo amore era rivolto esclusivamente al Padre ch'è nei Cieli.

CAPITOLO II

"Il primo incontro"

I

Andrew era l'Angelo della Morte.

Era dispiaciuto che gli esseri umani, pensando a lui, lo vedessero in maniera tanto negativa. Rappresentavano la Morte col volto di un teschio che brandiva una falce e, se ad esempio un'infermiera killer

praticava l'eutanasia su dei pazienti anziani, subito i giornali la battezzavano "l'angelo della morte".

Queste cose lo rattristavano molto, perché il suo compito non era affatto quello di strappare le persone dalla vita terrena. Veniva semplicemente inviato dal Padre ad accompagnare le loro anime alla Sua Casa, quando arrivava il loro momento.

A volte poteva assumere sembianze umane, se Dio riteneva che fosse utile alla sua *"missione"*, ma quel giorno si trovava nella sua forma angelica e nessuno poteva vederlo, esclusi gli altri Angeli o i defunti.

Non aveva né ali né aureola, a differenza di come solitamente venivano rappresentati lui e i suoi simili. Non ne aveva alcun bisogno, essendo puro spirito: gli bastava pensare ad un luogo per apparirvi in un battito di ciglia.

Preferiva i posti alti, come le cime dei grattaceli o delle cattedrali, perché da lì poteva osservare gli esseri umani in movimento: vederli accalcarsi per le strade la mattina presto per recarsi al lavoro o a scuola; ammassarsi giù per le scale della metropolitana ancora con la mente annebbiata dai sogni della nottata precedente, ognuno con la sua vita da portare avanti.

Anche quel giorno, il giorno in cui Morea sarebbe entrata a far parte della sua esistenza, stranamente era piovuto.

Non forte come quella fatidica notte in cui si erano confessati il loro reciproco amore. Si trattava piuttosto di una pioggerellina leggera, che forse molti avrebbero trovata fastidiosa.

Andrew non era fra quei molti: lui amava anche quelle giornate uggiose, quando i raggi del sole lottavano per penetrare il cielo plumbeo e l'aria era frizzantina.

Se fosse stato un essere umano non si sarebbe sentito affatto infastidito, anzi, avrebbe inspirato l'aria fresca a pieni polmoni e si sarebbe divertito a fare zigzag fra le pozzanghere.

Ecco: adesso stava arrivando il solito ragazzo che correva con l'i-pod nelle orecchie, con le sue Nike ormai consunte. Andrew lo vedeva tutti i giorni alla stessa ora attraversare la città facendo jogging.

Ed ecco quel signore anziano che portava a spasso il cane, un vivace bastardino al quale il padrone parlava come se si fosse trattato di una persona.

Non mancavano neppure i due adolescenti con gli zaini in spalla, che si sbaciucchiavano sempre su una panchina prima di entrare in classe. Soltanto che quel giorno dovevano restare in piedi, perché la panchina era tutta bagnata dalla pioggia.

Tutte queste cose infondevano ad Andrew serenità, anche se era ben consapevole che dalla Terra giungevano anche urla di dolore, di disperazione, di rabbia.

"Che hai tu fatto? Sento il fiotto di sangue di tuo fratello che grida a me dal suolo!"

Così aveva detto il Padre a Caino dopo l'omicidio di Abele e, da allora, miliardi di miliardi di *"fiotti di sangue"* avevano gridato dal suolo fino alle Sue orecchie.

Ed Andrew, più di ogni altro Angelo, era in continuo contatto con queste realtà.

Perciò gli piaceva spiare, senza essere visto, gli attimi di gioia che la vita terrena offriva, per ritemprarsi lo spirito con queste visioni che gli ridavano l'ottimismo necessario a svolgere il suo compito.

Era ancora ben lontano dall'immaginare che, di lì a poco, la sua intera esistenza sarebbe stata stravolta.

Che tutte quelle piccole cose non gli avrebbero più dato la pace di prima e che di un *solo* ed *unico* essere umano gli sarebbe importato.

Che avrebbe desiderato con ogni fibra del suo essere di starle accanto, vederla, toccarla, sentire la sua voce; tanto da provare una violenta fitta di dolore se *lei* gli era lontana.

Il concetto di "*amore*" di cui parlavano tanto gli uomini gli era ancora oscuro e conosceva solo la chiarezza e la semplicità dell'Amore divino.

Mentre scrutava il mondo dall'alto, ecco che la sua attenzione venne attirata da un uomo in giacca e cravatta, con una ventiquattr'ore nella mano destra. Se ne stava fermo insieme ad altri passanti, ad aspettare che l'omino del semaforo diventasse verde.

Sembrava che stesse parlando, anzi, no, gridando da solo; ma poi Andrew vide il filo delle cuffie dello smartphone spuntare da sotto le orecchie e comprese che stava discutendo animatamente con qualcuno.

Non si accorse che il verde era scattato e che tutti gli altri stavano attraversando, perché si era voltato, preso dalla discussione.

Poi, sempre distratto, era sceso dal marciapiede.

Andrew sussultò: quasi dal nulla era apparsa una BMW cabrio, che sembrava lanciata da una fionda, tanto andava veloce.

Il ragazzo alla guida aveva gli occhi arrossati e le pupille dilatate e reggeva il volante con una mano sola.

Canticchiava tutto allegro, mentre schizzava a tutt'andare acqua dalle pozzanghere con i copertoni delle gomme.

Lo stereo gli martellava nelle orecchie le note di "*Bad to the bone*", mentre i capelli raccolti in una coda di cavallo gli venivano sospinti all'indietro dal vento.

L'uomo in giacca e cravatta avanzava inconsapevole e il suono delle sue scarpe ticchettava sull'asfalto umido.

Sembravano i rintocchi di un orologio che scandiva il tempo, inesorabile.

Lo spirito di Andrew si materializzò al fianco del ragazzo alla guida dell'auto.

-Fermati, Steve!- gli urlò nelle orecchie.-O ammazzerai qualcuno!-

Il ragazzo di nome Steve si voltò esterrefatto verso il sedile del passeggero, ma ovviamente non vide nessuno e scosse il capo dubbioso.

Poi, improvvisamente, la radio cambiò stazione, e al posto di "*Bad to the bone*" ora trasmetteva "*Angel of the morning*".

Steve era sempre più sconcertato, ma non rallentava.

Andrew allora si proiettò sul marciapiede, proprio di fronte all'uomo in giacca e cravatta, e chiuse gli occhi.

Era costretto ad assistere impotente a scene come quella praticamente ogni giorno: persone che venivano falciate da guidatori distratti o ubriachi, che poi fuggivano immancabilmente; e non erano nemmeno fra le cose più orribili che gli toccava vedere.

Ma, in virtù del libero arbitrio, lui non poteva interferire in alcun modo.

Alla fine, la scelta era sempre loro.

E lui doveva accettare la tragedia che si compiva sotto i suoi occhi e poi prendersi cura dell'anima del defunto.

Così era sempre stato e così doveva essere.

"Ma non è giusto!" pensò affranto.

Steve ebbe appena il tempo di imprecare e premere il pedale del freno.

Ci furono delle grida, lo stridìo delle gomme sull'asfalto.

La radio continuava a martellare incessantemente : " *Just call me Angel of the morning, Angel...!*"

Come in un sogno, l'uomo in giacca e cravatta si ritrovò sdraiato sull'asfalto.

La valigetta gli era sfuggita di mano, come pure il cellulare.

Le voci delle persone che si accalcavano intorno a lui gli giungevano lontane, ovattate, come se avesse avuto la testa sott'acqua.

Ma in mezzo a loro, dritto di fronte a sé, distinse chiaramente un individuo che attirò subito la sua attenzione.

Era alto, vestito di bianco, totalmente avvolto da una luce intensa che irradiava sensazioni di Pace e di Tranquillità.

E gli stava sorridendo.

-Brian- lo chiamò per nome.

Brian, l'uomo in giacca e cravatta, si sollevò e lo osservò, meravigliato, ma non spaventato stranamente.

-Chi sei tu?- domandò, sentendosi leggero come una piuma.

-Sono un Messaggero- rispose Andrew, perché di lui si trattava.

-Un Messaggero di Dio. Ti sei distratto e sei stato investito da un'auto-

Brian si guardò attorno con sempre crescente stupore e vide che nessuno dei presenti, a parte Andrew, gli prestava la minima attenzione: era come se fosse diventato invisibile.

Poi si voltò e vide con orrore il proprio corpo riverso sull'asfalto, circondato da curiosi. Un medico si era fatto largo tra la folla e gli stava tastando il polso, ma scuoteva il capo rassegnato.

La valigetta di pelle di Brian si era aperta nell'urto e centinaia di fogli bianchi svolazzavano lungo la via, trasportati dal vento.

Brian si rivolse ad Andrew:- Sono...morto?- quasi non riusciva a pronunciare quella parola.

Andrew sospirò.

-Sono l'Angelo della Morte, Brian - disse. -Dio mi ha mandato da te per starti accanto in questo momento-.

Lo spirito di Brian sembrava titubante.

-Non devi avere paura di me- gli disse Andrew col suo tono di voce rassicurante.-E, soprattutto, non devi avere paura della Morte. So cosa stavi passando, quanto tenevi al tuo lavoro e quante ore passavi fino a tardi in ufficio... Ma tua moglie non era contenta. Era con lei che stavi litigando al telefono, poco fa -

-Come sai queste cose!- esclamò Brian, facendo istintivamente un passo indietro.

-Me le ha dette il Padre che è nei cieli- rispose Andrew.-Alex era arrabbiata perché non passavi più molto tempo con lei, né con tua figlia...Caroline, si chiama, vero? -

Brian annuì, chinando il capo sconfortato.

-Stavamo litigando, mi urlava nelle orecchie! Ha detto che voleva lasciarmi e portarsi via Caroline! Non capisce che lo faccio per *noi*, perché possa avere tutte le cose che desidera. Perché Caroline vada al college, quando verrà il momento!-

L'Angelo gli si avvicinò:- E pensi davvero che ad Alex e a Caroline possa importare di avere le *cose che desiderano* se non possono condividerle con te? Se non ci sei mai?!?-

Brian si voltò di nuovo a guardare il proprio corpo sull'asfalto.

-Ormai non fa più molta differenza, a questo punto- disse con amarezza.

Ma Andrew gli tese la mano:- Devi avere fiducia nel Padre! Lui non abbandonerà le persone che ami, perché le ama anche Lui. Ti prometto che provvederà Lui affinché tutto si sistemi. Anzi, quando Lo incontrerai, Gli parlerai tu stesso. Non aver paura, dammi la tua mano, Brian-

Brian lo osservò esitante.

Quell'essere emanava così tanto Amore e così tanta Speranza!

In tutta la sua vita, Brian non ricordava di essersi mai sentito così in pace e fiducioso come ora che quella creatura gli stava di fronte.

Stava per allungare la propria mano verso quella dell'Angelo, quando una voce alle sue spalle urlò.

- No, non ti permetterò di portarlo via!-

Sia Andrew che Brian rimasero sorpresi nel vedere una figura femminile staccarsi dal gruppo di gente accorsa e venire a grandi passi verso di loro.

Era molto alta, con lunghissimi capelli neri che le ricadevano fino in fondo alla schiena e che ondeggiavano ad ogni passo.

Indossava un soprabito nero sbottonato, sotto al quale si intravedevano una maglietta azzurra scollata e dei pantaloni di pelle nera aderentissimi, che sottolineavano la sua figura atletica.

Gli occhi erano celati da un paio di occhiali a specchio.

-Lascialo andare!- intimò rivolgendosi ad Andrew.

" Come... come fa a vedermi?" pensò quest'ultimo, sollevando in segno di stupore le sopracciglia, biondissime come i capelli.

Nessun vivente poteva vederlo quand'era nella sua forma angelica.

Non gli era mai capitato. Mai.

-Chi è quella? Un altro Angelo?- domandò Brian, confuso, ma Andrew non seppe rispondergli.

La ragazza sollevò gli occhiali sulla sommità del capo e per la prima volta Andrew vide il volto di Morea.

Quello che lo colpì fin da subito furono i suoi splendidi occhi grandi e scuri: due specchi in cui vedeva riflessa la propria luce.

Le sopracciglia appena accennate della ragazza s'incresparono, formando una piccola ruga.

Presto Andrew avrebbe imparato a riconoscere quella rughetta ogni volta che Rea s'infuriava e a trovarla terribilmente affascinante.

-No, non portarlo via!!!- gridò ancora Rea, quasi con rabbia.

Ma Andrew aveva già preso la mano docile di Brian, e insieme si dissolsero nel nulla di fronte alla misteriosa ragazza, che non poté fare altro che sferrare un pugno nel vuoto ed esclamare:- Dannazione!-

CAPITOLO III

"L'incarico di Andrew"

I

Andrew si era rifugiato sulla cima del campanile di una cattedrale, Santa Maria degli Angeli, uno dei suoi posti preferiti quando desiderava riflettere e stare solo. E continuava a ripensare a quella ragazza.

Chi era? Come faceva a vederlo nella sua forma angelica?

Ma non era soltanto la curiosità a tormentarlo: erano i suoi occhi!

Non riusciva a toglierseli dalla testa. Ovunque si voltasse, erano lì che lo fissavano, come lo spettro di Banquo fissava Macbeth, conducendolo lentamente alla pazzia.

Non sembravano gli occhi di una persona cattiva, ma non riusciva a comprendere come mai la ragazza ce l'avesse tanto con lui.

Celeste gli si materializzò accanto.

-Cosa ti succede, Angelo biondo?- gli domandò con la sua voce profonda.

-Oggi...mi è successa una cosa stranissima!- esclamò quest'ultimo, profondamente scosso.

-Stavo accompagnando un uomo alla Casa del Padre, quando è comparsa una ragazza dai capelli neri... Riusciva a vedermi, Celeste! Non so come fosse possibile, ma vedeva sia me sia lo spirito dell'uomo che era morto e credo che volesse impedirmi di portarlo via-.

Celeste si fece pensierosa:-Non l'avevi mai incontrata prima?- domandò.

Andrew scosse il capo.-Ti assicuro che non è il tipo di persona della quale ci si può scordare, una volta incontrata!-

-Non ti crucciare troppo- gli consigliò Celeste. -Il Padre ha una missione per te, così ti concentrerai sul tuo nuovo incarico e smetterai di pensare a tutta questa strana faccenda-.

Andrew annuì, ma dentro di sé continuava a rivedere quegli occhi scuri che lo fissavano con odio.

II

Un'istante dopo, Andrew e Celeste erano di fronte ad una tipica villa vittoriana in stile Queen Anne, dall'intonaco di un blu sgargiante, piena di finestre e con una piccola scalinata di pietra che conduceva al portico e quindi all'ingresso principale.

Una ragazza dai capelli castano- rossicci, snella e di media statura, stava salendo la scalinata con il capo chino, stringendo una specie di raccoglitore con tutte e due le braccia. Lo stringeva così forte, che sembrava avesse paura che glielo potessero rubare da un momento all'altro.

-E' lei il mio incarico?- domandò Andrew, osservando quella piccola figura che si era soffermata di fronte alla grande porta di legno della casa. Aveva posato il raccoglitore con riluttanza e stava frugando con tutte e due le mani nella sua ampia borsa a sacco. Sembrava piuttosto agitata.

-No- rispose Celeste. - Ci sono tre ragazze che vivono in quella casa, più una. Il tuo incarico è la quarta e sta arrivando proprio adesso!-

Celeste gli indicò un'altra ragazza, che stava sopraggiungendo di corsa.

Appena la vide, Andrew sobbalzò:-No! Non ci credo!- esclamò allibito.

Gli dava le spalle, ma l'Angelo riconobbe senza ombra di dubbio i lunghissimi capelli neri e il soprabito.

-Jenny, scommetto che hai di nuovo perso le chiavi!- disse la nuova arrivata, dando un buffetto affettuoso sulla spalla dell'altra.

-Per fortuna che ci sono io!-

Anche la voce era inconfondibile.

-Quella è Morea - continuò Celeste. -Non ti sarà facile avere a che fare con lei, perché è davvero coriacea. Ma l'ho sentita cantare e devo ammettere che ha davvero la voce di un usignolo, un autentico dono del Signore...!- s'interruppe, vedendo che Andrew l'ascoltava a malapena.

-Cosa ti succede, bell'Angelo?- chiese Celeste, notando l'espressione di Andrew, che guardava fisso di fronte a sé a bocca aperta.

-E' lei!- gridò.-E' la ragazza di oggi, quella che mi ha visto!-

Celeste la osservò a sua volta:

-E così sarebbe lei, Morea! Bene, bene. Così, forse, avrai anche l'occasione di svelare il mistero che ti angustia così tanto...-

Ma Andrew sembrava piuttosto in apprensione :-Come posso avvicinarla? E se mi riconosce? Non sembrava troppo amichevole, quando l'ho incontrata stamattina!-

-Sarai sotto sembianze umane- gli ricordò Celeste. -Dubito che ti riconoscerà. Ma, se Dio te l'ha assegnata, una ragione ci sarà di certo- concluse.

Rea si voltò leggermente prima di entrare in casa ed Andrew poté rivedere quegli occhi scuri e brillanti che lo avevano ossessionato per tutto il giorno.

III

Quando Andrew suonò il campanello, pregò il Padre che non fosse proprio Morea ad aprirgli la porta.

Aveva uno strano presentimento su di lei, ma si sforzò di scacciarlo.

Se Dio voleva che si occupasse proprio di quella ragazza, non poteva certo ignorarla. Prima o poi avrebbe dovuto parlarle per forza e quindi era forse meglio togliersi subito il pensiero. Se l'avesse riconosciuto come l'Angelo della Morte ... pazienza! Avrebbe risolto anche questa faccenda.

Ma non fu Rea ad aprirgli.

Una biondina leggermente in carne, con due grandi occhioni azzurri, lo fissava con un'espressione interrogativa.

Andrew notò che aveva il polso destro fasciato.

-Sì?- domandò.

-Mi chiamo Andrew- si presentò l'Angelo nel suo corpo umano.

-Sono il nuovo vicino di casa-.

-Ah, sì!- esclamò la biondina battendosi una mano sulla fronte. -Mi ero scordata che la signora Carey...Povera signora Carey, era tanto malata! Spero che non abbia sofferto...-

-Posso assicurati che se n'è andata in Pace- affermò Andrew con sicurezza.

La ragazza lo fissò con una certa costernazione, ma poi gli strinse la mano e lo invitò ad entrare.

-Io sono Cristina- si presentò a sua volta. -E questa è la mia casa...- Gli fece strada nell'atrio.

Andrew notò immediatamente il soprabito scuro appeso nell'ingresso, fra una giacca beige e un giubbetto chiaro.

La casa era grandissima, con le pareti spesse e arredata con mobili antichi: pesanti cassettoni di mogano, un secrètaire, una cassapanca e un'infinità di soprammobili e di piante che spuntavano da ogni dove. Una scala dal corrimano in legno conduceva al piano superiore, dove dovevano trovarsi le camere da letto. Le finestre, ornate da tendine con motivi floreali, riempivano di luce gli ambienti, rendendoli luminosi ed accoglienti.

C'era anche una grande libreria, che occupava un'intera parete, dalla quale spiccavano dorsi di libri di vari colori e rilegature: alcuni più raffinati, altri in edizione economica.

L'Angelo diede una rapida scorsa ai titoli: erano di una tale disparità fra loro da far supporre che appartenessero a più di un proprietario, con gusti molto diversi l'uno dall'altro. "Cime Tempestose" di Emily Bronte, ad esempio, si ritrovava così a far compagnia ad "*Hannibal*" di Thomas Harris e "*Al Dio sconosciuto*" di John Steinbeck.

Dio sembrava veramente uno "sconosciuto" in quella casa, pensò Andrew, notando che l'unica Bibbia era stata riposta in uno degli scaffali meno accessibili, e dalla polvere che la ricopriva si poteva facilmente dedurre che doveva essere trascorso molto tempo dall' ultima volta che qualcuno l'aveva presa in mano.

Aveva anche notato una sezione di libri in lingua originale: fra i tanti, riconobbe il "*Faust*" e il "*Wilhelm Meister*" di Goethe, "*Les illusion perdue*" di Balzac e vari testi di poesie in latino.

Celeste gli aveva accennato al fatto che Morea era laureata in lingue straniere e ipotizzò che dovessero essere suoi.

-Dunque, dicevamo...- riprese Cristina. -Cosa posso fare per te ... Drew?-

-Andrew- la corresse lui. -E forse posso io fare qualcosa per te. So che gestisci un locale...-

Ogni volta che veniva inviato da qualche parte, riceveva tutte le informazioni necessarie allo svolgimento del suo incarico.

-Sì, il "Raven"- confermò Cristina. -Lo conosci?!?-

Sembrava sbalordita, ma anche compiaciuta che il suo locale godesse di una certa fama.

-Veramente non ci sono mai stato- ammise lui, smontando un po' la bionda vicina, -ma ho sentito dire che ti serviva un pianista per stasera-

-Infatti!- esclamò Cristina. -Stasera io e alcune amiche cantiamo nel mio locale...lo facciamo una volta al mese, di venerdì sera e di solito sto io al pianoforte, ma...-

-Ma ti sei slogata il polso proprio oggi!- concluse Andrew, indicando la fasciatura al polso di Cristina.

- Ti prego, dimmi che sai davvero suonare il piano!!!- disse lei, congiungendo le mani come se stesse pregando.

Gli occhi le brillavano speranzosi.

"Diamine, ho suonato con Billie Holiday negli anni venti!" pensò l'Angelo, ma lo tenne per sé. Si limitò a rispondere che "sapeva cavarsela".

Cristina gli avrebbe gettato le braccia al collo dalla gioia.

-Devi essere stato mandato da Dio!- esclamò e Andrew sorrise dentro di sé a quella frase.

-Eravamo qui, disperate, senza un pianista, e poi arrivi tu! Non ti posso pagare molto, però- lo informò. -Ma puoi bere gratis al bar quanto ti pare- aggiunse subito dopo.

-Avete dell'acqua tonica?- s'informò Andrew, che ovviamente non beveva alcoolici.

-Sicuro!- rispose Cristina.

Le cose stavano procedendo bene, pensò Andrew, quando udì sopraggiungere una voce a lui familiare.

Udì uno scalpiccìo di scarpe da ginnastica che discendevano le scale.

"Ci siamo!" pensò con un brivido.

-Cris, con chi stai parlando?-

Un'istante dopo si ritrovò faccia a faccia con Morea.

Adesso indossava soltanto la maglietta azzurra scollata e i pantaloni di pelle. Portava dei braccialetti di cuoio ai polsi e sul suo petto luccicava una sottile catenella d'oro, dalla quale pendeva un piccolo ciondolo a forma di "M".

Aveva raccolto i lunghi capelli, e così Andrew poté ammirare meglio il suo viso, gli occhi scuri ma brillanti.

Lei lo osservava in uno strano modo, come se lo avesse già incontrato ma non riuscisse a ricordare né dove né quando. Studiò attentamente la figura ben piantata di Andrew, i capelli dorati che gli ricadevano sulle spalle larghe. Scrutò attentamente i suoi occhi verdi e gentili, il modo in cui le sorrideva.

C'era qualcosa nel suo sorriso... qualcosa di familiare.

-Lui è Andrew- disse Cristina rompendo l'istante di silenzio. -E' il nostro nuovo vicino e salvatore! Sa suonare il piano e ci accompagnerà lui questa sera!-

-Lei invece è la nostra cantante solista, Rea-.

Andrew le tese la mano, ma Rea esitò.

Quella scena le aveva fatto ricordare l'avvenimento sovrannaturale al quale aveva assistito quella stessa mattina: l'essere misterioso circondato di luce che tendeva la mano allo spirito di quel poveretto, l'uomo che era stato investito.

Aveva ancora davanti agli occhi il cadavere riverso sull'asfalto, tutti quei fogli che svolazzavano in strada...!

Andrew notò la sua esitazione ed ebbe timore che lo avesse riconosciuto.

Di nuovo la rughetta!

Poi, però, vide la fronte di Rea distendersi ed accettare la sua stretta.

Ma, nel preciso istante in cui si toccarono, qualcosa di inaspettato accadde ad entrambi.

Una vampata di calore accese il volto di Andrew, il cuore gli smise di battere per un attimo. Avrebbe voluto non lasciarla più andare, trattenerla così per sempre. E quando Rea sciolse infine il contatto che li univa, si sentì mutilato.

Rimase a fissarla inebetito, chiedendosi se anche lei avesse provato la sua stessa emozione.

Sì, ne era certo: l'aveva vista chiaramente sussultare e quando aveva allontanato la mano da quella di lui lo aveva fatto a malincuore.

"Ma chi è questa ragazza!" pensò, ancora stordito. "Perché mi fa questo effetto toccarla?"

CAPITOLO IV

"Incontro segreto"

Anche Morea stava ripensando alla prima volta che lei e Andrew si erano incontrati e non vedeva l'ora che Celeste se ne andasse e li lasciasse finalmente soli.

Osservò la propria mano e ricordò come le aveva palpitato il cuore la prima volta che lui gliel'aveva stretta. Nessuno mai le aveva fatto un effetto simile.

Le aveva davvero detto che l'amava? O era stato tutto frutto della sua sovraeccitata immaginazione?

Si alzò a controllare se l'acqua del thè bolliva, ma proprio in quel momento udì la voce di Celeste dal salotto:- Forse è meglio che noi ce ne andiamo- disse.

"Oh, no! Non portarmelo via!" pensò disperata Rea, correndo in salotto.

-Il thè è quasi pronto!- annunciò, cercando lo sguardo di Andrew. Ma lui si guardava attorno come se non avesse mai visto prima quella stanza; la stessa stanza nella quale si erano scambiati il loro primo bacio.

Rea aveva ancora il suo sapore sulle labbra.

-Lo berremo un'altra volta- sentenziò Celeste. Sembrava avere fretta di portare via Andrew e Rea si chiese se non sospettasse qualcosa.

-Ciao ... Rea- mormorò Andrew, concedendole appena una rapida occhiata.

Un istante dopo, entrambi gli Angeli erano scomparsi.

Il temporale nel frattempo si era smorzato. Rea restò a fissare la parete di fronte a sé per un minuto d'orologio abbondante, chiedendosi cosa dovesse fare.

Poi si ritirò in cucina a spegnere il fornello e si preparò una tazza di thè per lei sola.

Mentre sorseggiava dalla tazzina, appollaiata su uno degli sgabelli di legno, rivisse nella sua mente tutta la scena del bacio fra lei e l'Angelo, almeno un centinaio di volte, come se stesse avvolgendo e riavvolgendo un nastro in continuazione.

Poi si recò in salotto: osservò dapprima il divano dove lei e Andrew erano stati seduti, l'uno accanto all'altra; poi spostò lo sguardo sul tavolo verso il quale lui si era diretto, voltandole le spalle. Infine, fissò il punto preciso in cui si erano ritrovati l'uno nelle braccia dell'altra.

Era come se cercasse di convincersi che era accaduto realmente, che non l'aveva soltanto sognato.

"Anch'io ti amo!"

La voce di Andrew, mentre pronunciava quelle parole, riecheggiava ancora fra le pareti della stanza.

-Oh, Andrew!- sospirò Rea. Perché non l'aveva neanche guardata? Perché se n'era andato via così, senza dire una parola su quello che era accaduto fra di loro?

Che fosse pentito?

Quel dubbio rodeva il cervello di Rea come un tarlo. Doveva fare qualcosa per scacciarlo, o sarebbe impazzita.

Andò a scovare in un angolo la sua chitarra e si sedette sul divano, imbracciandola e accennando alcuni accordi.

Poi intonò "*Please please please let me get what i want*" degli Smiths, con voce supplice:

Non ho più coltivato un sogno da tanto tempo
Guarda, la vita che ho avuto
farebbe diventare cattivo un uomo buono.
Perciò, per una volta nella mia vita
Lasciami avere quello che voglio!
Il Signore lo sa che sarebbe la prima volta,
il Signore lo sa...

Il canto di Rea s'interruppe.

Come in risposta alla sua preghiera in musica, c'era Andrew di fronte a lei!

-Dovresti stare attenta alle cose che desideri- la ammonì con un accenno di sorriso.

Rea posò la chitarra.

Il suo primo impulso fu quello di corrergli incontro, abbracciarlo e baciarlo di nuovo, ma il suo orgoglio la incatenò, impedendole di muoversi. Era ancora indispettita dal modo in cui se n'era andato poco prima, degnandola appena di un'occhiata fugace e abbandonandola a lambiccarsi il cervello con mille dubbi. Pertanto, decise di ostentare una falsa indifferenza: indurì lo sguardo e non ricambiò affatto il sorriso di Andrew. Anzi, indugiò volutamente prima di alzarsi, e quando finalmente si decise, lo fece con una lentezza a dir poco esasperante.

Gli occhi dell'Angelo, intanto, vagavano per la stanza, poi tornavano a cercare lei, poi si perdevano di nuovo in chissà quali riflessioni.

Rea lo vide inghiottire la saliva e allentarsi più volte il colletto della camicia, come se stesse soffocando, e si rese improvvisamente conto di quanto dovesse essere nervoso.

Si pentì immediatamente di averlo accolto con tanta freddezza, e i suoi occhi si raddolcirono.

Desiderò ardentemente che lui dicesse qualcosa, per infrangere lo spesso muro di silenzio che si era innalzato fra di loro, ma Andrew taceva.

Nel frattempo, la lancetta dei secondi del grande orologio a pendolo aveva già fatto tre giri completi.

Rea, a quel punto, decise che non poteva più aspettare. Doveva assolutamente sapere come stavano realmente le cose fra di loro.

-Andrew!- lo chiamò, quasi gridando il suo nome.

Lui smise di giocare a nascondino con lo sguardo e la fissò intensamente.

Rea sentì quegli occhi entrare nei suoi, penetrarvi così a fondo da poter leggere negli angoli più reconditi della sua anima, e provò una forte sensazione di disagio.

Con tutti gli altri le risultava facile indossare una specie di armatura, sotto la quale celare i propri pensieri e sentimenti.

Ma con Andrew era tutto diverso: lui riusciva a farla sentire come se addosso non avesse avuto altro che la propria pelle nuda, e questo la innervosì terribilmente. In un attimo, tutto il discorso che si era preparata le si era cancellato dalla memoria, e la ragazza si ritrovò ad arrancare con le parole.

-Prima, noi due ci siamo detti delle cose...- esordì.

-Sì- ammise Andrew. Rea notò che sulla fronte gli stavano scivolando delle goccioline di sudore, simili a piccole gemme.

Il fatto che anche lui fosse sulle spine, le diede un po' di sollievo, consentendole di continuare.

-Beh, tu hai detto... Hai detto che mi ami, e anch'io ho detto che ti amo!- esclamò, sentendosi avvampare le guance.

Andrew abbassò lo sguardo, turbato, e riprese a tormentarsi il colletto della camicia.

-Quello che volevo capire - procedette lei, - è se, quando l'abbiamo detto, intendevamo tutti e due la stessa cosa. Perché, magari, per te aveva un significato, e per me...un altro!-

Finalmente era riuscita a terminare il suo tortuoso discorso.

Adesso toccava ad Andrew.

Questi rimase ancora un momento a fissarsi la punta delle scarpe, pensieroso, mentre Rea moriva dall'impazienza
di ricevere un segno da parte sua.

Poi, finalmente, Andrew sollevò lo sguardo e si mosse nella sua direzione.

Rea sussultò, vedendolo avvicinarsi, e fu scossa da un fremito. Il petto le si alzava e si abbassava ad ogni suo passo.

-Io faccio molta attenzione alle parole che uso- disse l'Angelo, che ora le si trovava proprio di fronte. -E in quanto al significato...-
Indugiò un istante.

Poi si chinò lentamente verso di lei, finché il suo viso non invase completamente il campo visivo della ragazza, fino a far scomparire ogni altra cosa.

Andrew le prese il viso fra le mani e unì di nuovo le proprie labbra a quelle di Rea, che si schiusero come i petali di un fiore pronto a donare il proprio nettare. Un nettare del quale l'Angelo sembrava terribilmente assetato.

Rea chiuse gli occhi, ricambiandolo con altrettanto trasporto.

Poi Andrew sollevò leggermente la bocca.

-Penso che sia chiaro, adesso, il significato- sussurrò. Rea sentiva il suo respiro su di sé e un brivido caldo le scese lungo la schiena.

-Penso... penso proprio di sì- convenne, con voce tremante per l'emozione. Si baciarono di nuovo, più a lungo questa volta.

Poi Andrew si staccò da lei, in modo tale da poterla osservare bene, mentre un ampio sorriso gli aleggiava sul volto. Stavolta anche Rea sorrise.

-Credevo di essermi sognata tutto quanto- disse. - Non potevo credere che tu potessi amarmi davvero!-

-Non potrei non amarti nemmeno se lo volessi- rispose Andrew con gravità, sempre tenendole il viso fra le mani e guardandola dritta negli occhi.

-E allora perché te ne sei andato via così?- lo rimproverò Rea, corrugando la fronte.

-Ero così confuso- tentò di giustificarsi l'Angelo.-Non avevo mai amato nessuno prima. Non sapevo neanche cosa volesse dire, amare come amate voi esseri umani! -

S'interruppe, prendendo la mano di Rea e posandola contro proprio cuore.

-E'... è normale che faccia così?- domandò con l'innocente curiosità di un bambino. Rea scoppiò a ridere. Prese a sua volta la mano di Andrew e la posò sul proprio petto, facendolo arrossire.

-Senti il mio di cuore, come batte!-

Andrew trovava tutto questo sbalorditivo e affascinante insieme.

-E hai sempre provato queste cose ogni volta che ti sei innamorata?- domandò. C'era della gelosia nella sua voce, come se lo rendesse triste pensare che Rea aveva già sperimentato con altri quello che stava accadendo a lui per la prima volta in assoluto.

Rea lo intuì e gli prese entrambe le mani, stringendole fra le sue.

-Quello che provo per te non l'ho mai provato per nessuno- affermò, e lo pensava veramente.

-Neanche...!-

-Nessuno!- ripeté categorica, suggellando la propria dichiarazione con un bacio appassionato, che fece provare di nuovo ad Andrew il calore febbricitante della prima volta.

Poi si sedettero sul divano, senza staccarsi gli occhi di dosso nemmeno un solo istante.

-Quando hai capito per la prima volta che mi amavi?- lo interrogò Rea.

-Io credo di averti sempre amata- rispose prontamente Andrew.

-Anche quando sembrava che volessi prendermi a calci!- puntualizzò ridendo.

-Non volevo prenderti a calci!- si schermì Morea. -Si era trattato di un...un ecquivoco, ecco!-

-E tu invece? Quando hai capito che mi amavi?- indagò a sua volta Andrew.

-Quando sei venuto a suonare il piano da noi e mi ascoltavi cantare- rispose Rea.

Anche in quell'occasione, tutto si era svolto in quella stessa stanza.

Andrew cercò inconsciamente con lo sguardo il pianoforte verticale e rammentò la prima volta che ci si era seduto.

Tutto gli appariva così nitido nella memoria, come se fosse accaduto solo un attimo prima.

CAPITOLO V

" La confessione di Rea"

I

L'orologio tornò di nuovo indietro per Andrew, al giorno in cui aveva conosciuto Rea.

Ricordò il momento preciso in cui aveva varcato la soglia del salotto e Cristina lo aveva presentato a Jenny e a Rossella, le due coriste. Le due ragazze erano sedute sullo stesso divano dove si trovavano ora lui e Rea, chiacchierando e ridacchiando fra di loro.

Ma, appena notarono la sua presenza, si zittirono e volsero un' occhiata interrogativa a Rea e a Cris.

Cristina fece da anfitrione e presentò loro Andrew, il quale aveva riconosciuto in Jenny la ragazza dai capelli castano- rossicci, quella che cercava ansiosamente le chiavi nella borsa mentre lui e Celeste osservavano l'abitazione da fuori.

Jenny gli sorrise timidamente e non osò neppure tendergli la mano.

Rossella, una ragazza piuttosto alta (sebbene non come Morea), col volto incorniciato da una nuvola di riccioli biondi, lo accolse un po' più vivacemente, senza però mostrare alcun particolare interesse. Comunque, entrambe accolsero con entusiasmo la notizia che Andrew avrebbe sostituito l'amica infortunata, salvando così la loro esibizione di quella sera. Era evidente che ci tenevano tutte moltissimo.

-Non vuoi farci sentire qualcosa?- chiese Cristina ad Andrew.

Quest'ultimo si sedette al piano e decise di accennare qualche nota di "*Let's do it*" di Cole Porter.

Cole Porter in persona aveva insegnato quella canzone ad Andrew, moltissimi anni fa, ma ovviamente anche questo rimase un segreto dell'Angelo.

Il Signore lo forniva di qualsiasi abilità gli fosse necessaria per compiere le sue "missioni" e, in quel preciso momento, l'Angelo sentì che l'Altissimo stava facendo fluire nelle sue mani tutta la musica che necessitava.

I tasti scivolavano sotto le sue dita come per magia.

Rea agganciò al volo la nota e si mise a cantare:

Gli uccelli lo fanno, le api lo fanno
persino le pulci ammaestrate lo fanno.
Facciamolo: innamoriamoci!

Adesso Andrew capiva perché Celeste aveva definito la voce di Rea come un "dono di Dio": Cole Porter l'avrebbe abbracciata con le lacrime agli occhi, sentendola eseguire così la sua canzone.

L'Angelo non poté fare a meno di osservarla.

Notò che si era sciolta i capelli, che le ricadevano neri e ribelli lungo la schiena, e aveva un'espressione quasi trasognata.

Non somigliava affatto alla ragazza aggressiva che aveva incontrato sul luogo di quell'incidente stradale, quella che voleva impedirgli di accompagnare l'anima del defunto dal Padre. La rabbia che l'animava in quel momento era svanita e sembrava aver trovato nella musica la pace dentro di sé.

Andrew si sorprese a pensare che la trovava bellissima.

Di solito, non prestava molta attenzione all'aspetto fisico degli esseri umani coi quali interagiva, ma questa volta non riuscì assolutamente a domare i propri occhi, che sfuggivano al suo controllo come cavalli selvaggi, in cerca continua del viso di Morea.

Quasi inconsapevolmente, la ragazza si avvicinò al piano, come obbedendo ad un richiamo al quale non poteva sottrarsi.

Andrew si era imposto di concentrarsi soltanto sulla tastiera, ma avvertiva fortissima la presenza di lei accanto a sé e si sentiva completamente succube della sua voce ipnotica.

Era come una mosca caduta prigioniera in una tela di ragno e, per quanto si dibattesse, non poteva liberarsene. Il cuore gli batteva forte, la testa gli si annebbiò, e perse il dominio delle proprie mani.

Prese una stecca clamorosa, e la musica cessò di colpo.

-Mi... mi dispiace!- esclamò con aria colpevole, come se avesse commesso il più imperdonabile dei peccati.

-Non ti preoccupare, Andrew- si affrettò a rassicurarlo Cristina con un sorriso.-Sei andato benissimo, sul serio!-

Anche Rossella e Jenny gli offrirono la propria solidarietà, forse proprio perché lo vedevano così afflitto.

Solo Rea rimase in silenzio, fissandolo da lontano pensierosa.

II

Andrew chiese di poter andare in bagno a rinfrescarsi, ma in realtà provava il forte desiderio di fuggire da quella casa. Di fuggire da Rea. Da quando l'aveva incontrata, non si sentiva più l'Angelo di sempre. Qualcosa era cambiato dentro di lui, e ne era spaventato.

-Aiutami, Padre!- mormorò.

Mentre guardava la propria immagine, riflessa nello specchio sopra al lavandino, in risposta alla sua preghiera comparve Celeste alle sue spalle.

-Allora, come sta andando mio bell'Angelo?-

Andrew avrebbe voluto confidarsi con lei, ma non ne ebbe il coraggio.

-Bene, credo- rispose senza convinzione. Celeste lo squadrò sospettosa.

-A me non sembra- replicò l'amica. -Non ho potuto starti vicino perché se Morea è riuscita a vedere la tua forma angelica, forse può vedere anche la mia.-

-Oh, Celeste!- gemette Andrew. -Quella ragazza mi terrorizza. Vorrei abbandonare la missione e andarmene via per sempre da questa casa!-

Celeste corrugò la fronte:- Ma che cosa stai dicendo? Abbandonare la missione che Dio in persona ti ha assegnato!-

Andrew chinò il capo, vergognandosi di se stesso. -Hai ragione Celeste. Non posso farlo- rispose.

-Così mi piaci- disse l'amica abbracciandolo in segno di conforto.

-E adesso, torna subito al tuo lavoro!-

Aver parlato con Celeste gli aveva infuso nuova energia e Andrew ritornò a sedersi al piano con ritrovato ottimismo.

Cristina gli fornì gli spartiti delle canzoni del loro repertorio e questa volta l'Angelo si dimostrò pienamente all'altezza della situazione.

Le ragazze avevano tutte una voce gradevole, ma ovviamente era Morea la colonna portante del quartetto. Andrew aveva sempre ritenuto che la musica fosse rivelatrice dell'animo umano e, mentre la ascoltava cantare di amori infelici e di cuori spezzati, si sentì trafitto da una grande tristezza, che proveniva dalla voce della ragazza.

Vide che anche i suoi begli occhi neri erano velati di malinconia e intuì che qualcuno, molto tempo prima, doveva avere veramente spezzato il cuore di Rea.

Quando ormai s'intravedeva il rosso del tramonto dalla finestra, Cristina dichiarò ufficialmente terminate le prove.

-Allora ci vediamo stasera al locale, Andrew!- si raccomandò. -Suona come hai suonato oggi, e faremo faville!-

Le altre salutarono Andrew e salirono al piano di sopra a vestirsi e truccarsi. Cristina gli aveva spiegato che vivevano tutte e tre insieme da anni, nella grande villa che aveva ereditato da una sua zia deceduta, così da poter dividere le spese.

-Anche Rea viveva con noi, prima- aggiunse.

-Prima di...sposarsi?- azzardò Andrew.

Cristina scoppiò a ridere. -Per carità!- esclamò, ma abbassando leggermente il tono della voce, forse perché temeva di essere udita da Rea e di passare per pettegola.

-Rea non fa che ripetere che una donna è perfettamente autosufficiente anche senza un marito- disse, accostandoglisi con fare cospiratorio. -Ma la verità, è che è in cerca di qualcuno che non esiste su questa Terra- concluse.

"Dunque, il cuore non le è stato spezzato per amore" pensò Andrew.

Il fatto che Rea fosse libera da legami sentimentali, comunque, lo aveva in un certo qual modo sollevato.

"Non dovrei affatto sentirmi così" si rimproverò.

- Io vado- annunciò Rea infilandosi il soprabito.

-Esco anch'io- disse Andrew e lasciarono la casa quasi contemporaneamente. Fuori era già buio e c'era una lieve brezza.

Rea si abbottonò il soprabito.

Andrew sentiva che doveva assolutamente dirle qualcosa, ma non riusciva a trovare le parole giuste e così rimase semplicemente a fissarla in silenzio. Lei, dal canto suo, non sembrava incline alla conversazione.

Però l'Angelo notò che ci stava mettendo un po' più del dovuto, ad abbottonarsi il soprabito. Pensò addirittura che esitasse di proposito, per restare più a lungo lì con lui, e la cosa che più lo innervosì fu che gli avrebbe fatto piacere se davvero così fosse stato.

Rea si accese una sigaretta tenendo le mani a coppa, per proteggere la fiamma dal freddo, ed aspirò voluttuosamente. Quindi liberò il fumo con soddisfazione, come se si fosse portato via una grossa pena che le gravava nel petto.

-Tu non fumi, Andrew- Era un'affermazione, non una domanda, perciò l'Angelo non disse nulla.

-Io avevo smesso, fino ad oggi- continuò lei, -ma stamattina mi è capitato qualcosa. Qualcosa di orribile!-

Andrew sentì un brivido corrergli lungo la spina dorsale.

-Non l'ho detto a nessuno, nemmeno alle mie amiche- gli confidò Rea, guardandolo dritto negli occhi. -Ma sento che a te potrei raccontarlo-

-Vorrei che lo facessi- la incoraggiò Andrew.

-Ho assistito ad un incidente stradale. Un uomo è morto!-

Rea sospirò, come se le costasse fatica anche solo parlarne.-Non è la prima persona che vedo morire, ma questa volta c'era qualcuno con lui, qualcuno che...No, è una storia troppo assurda! Non mi crederesti mai!-

Andrew allungò una mano verso di lei, per posargliela sulla spalla, ma vennero interrotti da un grido disperato di aiuto.

CAPITOLO VI

"La rivelazione"

I

Era chiaramente il grido di terrore di una donna e, senza neanche pensarci, Rea si precipitò verso la direzione da cui era provenuto, gettandosi a capofitto nel crepuscolo.

-Aspetta, Rea!- tentò invano Andrew di richiamarla indietro, ma non gli rimase altro da fare che correrle appresso. Le loro ombre in movimento venivano proiettate sui muri delle case del quartiere, appena illuminate dalle fioche luci artificiali dei lampioni. La luna, in cielo, era simile ad una tagliola.

Svoltarono in un vicolo buio e di colpo si arrestarono tutti e due, interdetti.

Una donna era accasciata sull'asfalto e un uomo tutto vestito di nero stava gettando via un coltello a serramanico.

-Fermo!!!- urlò Rea, facendosi avanti.

L'uomo in nero si voltò per un secondo ad osservare la ragazza, dapprima con curiosità e poi con un odioso sogghigno. Aveva un tatuaggio sul collo, qualcosa di simile ad un serpente. Poi fuggì via correndo veloce come il vento.

Rea si trattenne dall'istinto primario di inseguirlo e si chinò invece sul corpo della donna.

Aveva circa trent'anni, i capelli biondi. Il coltello l'aveva ferita al ventre, che sanguinava copiosamente, ed era priva di conoscenza.

-Presto, chiama un'ambulanza!- gridò ad Andrew.

Ma Andrew non rispose. Rea si voltò per controllare se fosse ancora dietro di lei, ma quando lo vide sgranò gli occhi per la sorpresa.

Davanti a lei non c'era più l'Andrew che aveva conosciuto quel pomeriggio, bensì l'Angelo sfolgorante di luce che aveva visto quella mattina. Quello stesso Angelo che aveva portato via l'anima di quell'uomo morto, senza che lei avesse potuto fare niente.

Lo stupore si mutò ben presto in ira e Rea fece scudo col suo corpo alla donna che giaceva insanguinata.

-Lascia che ti spieghi, Rea...- esordì Andrew.

-Tu mi hai ingannata!- lo accusò lei, col bel viso deformato dalla rabbia, gli occhi che mandavano lampi simili alle fiamme dell'inferno.

-Stamattina non sono riuscita a fermarti, ma adesso non ti permetterò di portare via anche questa donna!-

-Non ti ho ingannata- replicò l'Angelo, avvicinandosi lentamente.

Rea era sopraffatta dalla sua luce, dal suo aspetto.

Le sembianze antropomorfe di Andrew erano tutt'altro che sgradevoli, questo doveva riconoscerlo, ma sbiadivano se paragonate con l'armonia e la delicatezza dei suoi tratti ultraterreni. Era come se, fino a poco prima, la ragazza avesse vissuto in un mondo opaco, in bianco e nero; ed ora, improvvisamente, i suoi occhi si trovavano di fronte ad un' autentica un'esplosione di colori!

Anche il modo in cui la guardava era mutato: sembrava che scrutasse fin nel profondo della sua anima, ma non con invadenza.

Tuttavia, Rea non si mosse di un millimetro. Continuava a vegliare la vittima dell' aggressione.

-Ascoltami, Rea.- Andrew cercò di parlarle con tutta la calma di cui era capace. -Questa donna non è ancora morta. Ma lo sarà presto. Forse puoi salvarle la vita, se invece di combattermi corri a chiamare aiuto-

Rea lo guardò con sospetto.

-Metti da parte l'odio che provi per me e fa' la cosa giusta- insistette l'Angelo.

Rea lottava strenuamente contro quella luce abbagliante, ma era più forte persino del suo odio, che vacillò per un momento.

-D'accordo- cedette infine. Si accorse tuttavia di aver dimenticato la borsa col cellulare a casa delle sue amiche.

-Maledizione!- gridò. Decise di correre verso la prima casa vicina e suonare il campanello, chiedendo aiuto. Ma avrebbe dovuto lasciare la donna bionda sola con Andrew, chiunque egli fosse...

Andrew notò la sua esitazione.

-Presto!- la sollecitò.

Rea annuì e corse via. Si voltò solo un istante e vide Andrew chinarsi delicatamente verso la donna ferita, avvolgendola con la sua luce e parlandole come se fosse stata vigile.

CAPITOLO VII

"Scambio di confidenze"

I

Andrew si sentiva terribilmente infelice.

Avrebbe voluto che Rea continuasse a crederlo il più a lungo possibile il vicino della porta accanto, quello che sapeva suonare il pianoforte, e non che scoprisse così presto chi era in realtà. Rea, per qualche ragione, odiava l'Angelo della Morte, e Andrew non sopportava di essere odiato da lei.

Sandra, la donna che era stata aggredita, era in sala operatoria e lui passeggiava avanti e indietro nel corridoio, in attesa di sapere se avrebbe dovuto portarla alla Casa del Padre oppure no.

Il compito che il Padre gli aveva assegnato era un fardello così pesante da portare, certe volte!

Ma, improvvisamente, udì una voce alle proprie spalle che lo fece sussultare.

Non aveva nemmeno pronunciato una frase intera, che già Andrew ne aveva riconosciuto il suono. Ebbe quasi paura a voltarsi, per timore di essersi ingannato e di vedere un viso che non fosse il suo.

Ma poi si fece coraggio e constatò coi propri occhi che era davvero *lei,* che era lì a pochi passi di distanza!

Morea era venuta al Central Hospital e stava chiedendo informazioni ad un' infermiera. Poi il suo sguardo venne catturato dall'immagine di Andrew, ritto di fronte a lei. Sembrava quasi che la stesse aspettando.

La ragazza non poteva negare che, quando Andrew si era presentato alla porta e le aveva stretto la mano, qualcosa in lei fosse scattato.

"Ma ora che so la verità su di lui, non conta più niente!" continuava a ripetersi, sperando di alimentare nuovamente la fiammella d'ira, non ancora sopita, che le bruciava nel petto.

Ma, trovandoselo adesso di fronte, dovette ammettere con se stessa che le cose non stavano esattamente così. Non era venuta in ospedale soltanto per informarsi sulle condizioni della sconosciuta, anche se ovviamente le stava a cuore la sua sorte.

Era venuta perché era assolutamente certa che Andrew sarebbe stato lì.

-Lasci stare- disse all'infermiera. -Penso di sapere dove devo andare-.

Si diresse incontro all'Angelo col cuore in tumulto, ma esternamente non lo diede a vedere in nessun modo. Camminava come sempre: con l'aria sicura e spavalda, il passo non troppo lento né troppo veloce.

Andrew ormai aveva imparato a memoria tutto di Rea: ogni suo movimento, ogni alzata di sopracciglio, ogni ruga d'espressione o inflessione della voce. Neppure in mezzo ad una folla avrebbe potuto confonderla con un'altra.

In quella, passò un infermiere che spingeva un signore anziano sulla sedia a rotelle e attraversarono il corpo dell'Angelo senza battere ciglio.

C'era un gran viavai, ma sembrava che nessuno badasse a loro due.

Rea gli si parò di fronte con le mani sui fianchi.

- Ebbene, Andrew?- gli domandò. -A proposito, Andrew è il tuo vero nome?-

-Certo che è il mio vero nome!- esclamò l'Angelo, quasi indignato.
-Ma tu non dovresti essere qui. Dovresti essere alla polizia!-
Rea scoppiò a ridere: -Alla polizia? A fare che! Ho suonato il primo campanello che ho trovato, ho detto che c'era un'emergenza e di chiamare il 911. Poi me ne sono andata via, senza neanche dire chi fossi!-
"E poi ho vagato per la città, stordita come se fossi ubriaca" pensò, ma non lo disse ad alta voce.
-Se avessi lasciato i miei dati, mi avrebbero trattenuta al distretto fino all'alba, massacrandomi di domande- continuò Rea. -Avrei dovuto raccontare a tutti quello che so, cioè niente, e ripeterlo chissà quante volte. Così ho preferito evitarmi questo spreco di tempo!-
-Ma tu hai visto quell'uomo!- insistette Andrew.
-Per meno di un secondo- replicò Rea. - Ricordo solo vagamente che aveva un tatuaggio sul collo, e anche questo in modo piuttosto confuso. L'unica cosa che ho visto nitidamente eri tu, in piedi nel vicolo, che aspettavi come un avvoltoio il prossimo morto da portare via! Ma questo non posso certo dirlo in una deposizione-
La sua voce era tagliente come un rasoio, e infatti Andrew si sentì ferito nel profondo.
-Questo non è giusto!- replicò l'Angelo, punto sul vivo.
Il suo sguardo si spense e Rea si sentì come se lo avesse appena pugnalato.
Stava per fare ammenda, ma poi si accorse che l'infermiera di prima la stava osservando in modo strano, forse perché ai suoi occhi stava conversando con una parete spoglia. Perciò indicò con lo sguardo ad Andrew il bagno in fondo al corridoio e si avviò con disinvoltura verso la porta bianca con scritto "toilette", passando proprio di fronte all'infermiera spiona.
Non l'avrebbe ammesso nemmeno sotto tortura, ma desiderava restare da sola con lui più di ogni altra cosa al mondo.
Entrò nel bagno e si richiuse la porta alle spalle.
Mentre lo aspettava, chiuse gli occhi ed emise un gemito sommesso.

-Andrò all'inferno per questo!- esclamò e la sua voce era simile ad un lamento.

Andrew attraversò la porta e la raggiunse. Rea riprese immediatamente il controllo, assumendo un atteggiamento il più possibile distaccato. Dopo aver controllato che la toilette fosse vuota, la ragazza inspirò profondamente, fissandolo dritto negli occhi.

-Sei l'Angelo della Morte, non è vero?- Era una domanda retorica, perciò Andrew non si sentì tenuto a rispondere.

-E il tuo compito consiste nel restare a guardare le persone morire, senza intervenire mai?-

-Il mio *compito*- rispose Andrew calcando l'ultima parola, -è stare con loro mentre lasciano la vita terrena e accompagnarle nell'altra-.

-E se vengono investite o accoltellate, tu non puoi impedirlo?- insistette Rea, corrugando la fronte. Il suo cervello umano rigettava l'idea che qualcuno che aveva il potere di salvare una vita potesse astenersi volontariamente dal farlo.

-Libero arbitrio- rispose Andrew.

-Ma non è giusto!- esplose Rea stringendo i pugni.

-Tante cose non sono giuste- rispose Andrew. -Ma io non ho il diritto di giudicare. Nessuno ce l'ha, a parte il Padre. E comunque, il libero arbitrio è il dono più più prezioso che Lui vi abbia fatto; dopo il dono della vita, ovviamente. Altrimenti, che significato avrebbe l'amore per il prossimo, se non fosse una scelta bensì un' imposizione? Il fatto stesso che tu sia qui, per una sconosciuta, ha valore proprio perché non avevi nessun obbligo verso di lei-

Rea si appoggiò con le mani al bordo del lavabo, sostenendosi.

-Morirà? - gli chiese.

-Non lo so- rispose Andrew scuotendo la testa. -Ma, se vivrà, sarà anche per merito tuo-

Rea si mise a ridere, ma senza gioia.

-Ti ho dato dell'avvoltoio, e tu mi consoli!- esclamò sorpresa.-Devi essere per forza un Angelo!-

Ci fu una pausa di silenzio.

Rea continuava a fissare la goccia d'acqua che cadeva dal rubinetto, infrangendosi sul fondo del lavandino in un esasperante, continuo martellare.

-Sai che ti ho odiato per tutta la mia vita?- disse, senza alzare lo sguardo. -Voglio dire, non te in particolare. E' successo quand' ero bambina. Ho visto un essere, identico a te, portare via mia... una *persona* che mi era molto cara. Fu un incidente. Lei stava uscendo di nascosto di casa calandosi dalla grondaia, quando scivolò e cadde. E c'era un uomo tutto avvolto di luce che aveva osservato impassibile la scena... Avrebbe potuto salvarla, ma non lo fece. Prese per mano il suo spirito e la portò via, come hai fatto tu stamattina con quell'uomo. Io avevo visto tutto. Gli ho gridato di lasciarla andare, gli sono corsa dietro, ma non è servito a niente -

Rea non era tipo da versare lacrime, e se ne faceva un vanto, ma in quel momento i suoi occhi luccicarono.

"Adesso so cosa ha spezzato il tuo cuore" pensò Andrew avvicinandosi a lei. "E forse so anche come rimettere insieme i frammenti".

Le passò un braccio intorno alle spalle, e improvvisamente Rea si sentì avvolgere dalla fiamma ardente che circondava l'Angelo, come in un abbraccio di sentimenti positivi. Il dolore e la confusione si attenuarono e la ragazza si ritrovò con la mente sgombra dai pensieri, in un luogo dove regnava soltanto l'Amore. Ma non l'amore di cui avevano esperienza i mortali, bensì un sentimento completamente diverso, che la riempiva tutta, che la faceva sentire protetta e al sicuro, che le prometteva di non abbandonarla mai per l'eternità, qualunque cosa avesse fatto o detto, e che vedeva tutto ciò che aveva nel cuore, anche nell'angolo più tenebroso della sua anima, ma inspiegabilmente, accoglieva anche quel suo lato oscuro.

Ma non veniva da Andrew: lui ne era soltanto il tramite.

Rea inspirò ed espirò, lasciando uscire tutto ciò che era la negazione di quell'Amore così perfetto, e si lasciò cullare da quell'energia positiva.

-Quindi fin da bambina riuscivi a vedere gli Angeli e gli spiriti!-

Andrew le era così vicino che, se fosse stato sotto sembianze umane, Rea avrebbe potuto sentire il suo respiro nell'orecchio.

La ragazza annuì:-Sì, anche se non so come sia possibile-

Andrew continuò a tenerla stretta.

-Voglio dirti una cosa, Rea. Non ero io l'Angelo della Morte che hai visto da bambina, perché ce n'è più d'uno. Ma di una cosa sono sicuro: non era affatto impassibile, mentre guardava quella persona che ti era cara morire-.

Rea lo fissò in quei magnifici occhi verdi.

-E non devi sentirti in colpa se non hai potuto fare niente -aggiunse ancora Andrew.

Rea ricacciò indietro le lacrime e provò forte il desiderio di abbracciarlo. E provò anche una grande pena per lui. Non era una persona empatica, ma non serviva esserlo per scorgere la tristezza che c'era in fondo al cuore di Andrew.

-Dev'essere difficile, fare il tuo lavoro- osservò.

-Non è facile- ammise Andrew. -Certe volte...certe volte vorrei avere qualcuno con cui sfogarmi-

Si stupì lui per primo, di averle confessato la sua angoscia. Non ne aveva mai parlato neanche con la sua amica Celeste.

Rea lo guardò negli occhi e accennò un sorriso.

- Quando ti senti così, puoi venire a trovarmi...se vuoi-

Andrew provò dapprima stupore e poi commozione, a quell'invito.

Nessuno mai, a parte ovviamente il Padre, si era preoccupato di cosa provasse l'Angelo della Morte. Nessuno gli aveva mai offerto una spalla su cui piangere.

- Forse lo farò- rispose e i suoi occhi tornarono ad accendersi.

Per la prima volta, l'Angelo si sentiva felice sulla Terra quasi quanto lo era in Paradiso.

II

Rea rimase in ospedale tutta la notte.

Si fece prestare un cellulare da un infermiere, perché il suo lo aveva dimenticato a casa delle sue amiche, e avvertì Cristina che per quella sera del concerto non se ne faceva nulla. Non entrò nei dettagli, ma fu abbastanza convincente nel fornirle una spiegazione, tanto che Cristina si dimostrò assai più preoccupata per lei che non delusa per la mancata esibizione cui teneva tanto.

-Ma tu stai bene?- gracchiò la voce di Cris attraverso lo smartphone.

-Sì, sto bene- la rassicurò Rea. " Sono in compagnia di un Angelo!" avrebbe voluto aggiungere.

Se non fosse stato per l'ansia circa le condizioni di Sandra, la donna aggredita nel vicolo, Rea avrebbe potuto affermare che ogni tassello del puzzle della sua vita, per la prima volta, stava andando al posto giusto. Prese in prestito un libro dalla sala infermieri, nella prospettiva di dover trascorrere al Central Hospital ancora parecchio tempo, e bevve dalla macchinetta dell'ospedale una cifra spropositata di tazzine di caffé.

-Non starai esagerando?- le domandò Andrew. -Stanotte non chiuderai occhio-

-Tanto non potrei dormire- rispose Rea, stando attenta a non farsi scorgere da altri mentre parlava con lui. Ed era vero. Sentiva l'adrenalina scorrerle in tutto il corpo, era tutta un fremito.

Nessun parente era venuto in ospedale, perché non avevano trovato documenti addosso a Sandra: a quanto pareva, l'aggressore l'aveva derubata e poi accoltellata, ed era fuggito quando era sopraggiunta Rea. Andrew sapeva il nome della donna unicamente perché il Signore glielo aveva rivelato.

Il libro che Rea stava leggendo si rivelò essere un insulso romanzetto, dalle cui pagine il suo sguardo fuggiva assai spesso e volentieri, in cerca della figura alta ed eretta di Andrew, che vagava nei corridoi bianchi e asettici dell'ospedale.

Lo osservava passare attraverso infermiere che camminavano avanti e indietro a passo sostenuto e pazienti in pigiama che si trascinavano dietro la flebo, o che si spingevano su sedie a rotelle di freddo acciaio.

Nessuno si accorgeva di quella presenza, ma i volti tristi e desolati degli ammalati, che la sua figura fluttuante sfiorava senza che essi se ne accorgessero, improvvisamente si accendevano di un insolito calore, che li illuminava, e nei loro occhi tornava a brillare la Speranza, che malattia e sofferenze avevano oscurato da tempo.

Improvvisamente, quelle persone smettevano di aggirarsi nei corridoi come fantasmi e tornavano a credere nella vita.

Durava solo un'istante, ma Rea, che ne era la sola testimone, pensava che fosse meraviglioso, anche se l'attimo dopo tutto sembrava risprofondare nel grigiore.

-Bene!- esclamò l'Angelo ad un tratto, con soddisfazione. -Sembra che per questa volta me ne andrò via da solo!-

Rea balzò in piedi in preda all'euforia:-Vuoi dire che sta bene?-

Andrew sorrise in segno affermativo e Rea provò nuovamente l'istinto di abbracciarlo. Tuttavia, decise di frenarsi anche questa volta.

Era esausta per la lunga attesa e poi voleva riflettere su tutto quello che era accaduto in quella devastante, incredibile giornata: l'incidente, l'incontro con Andrew, l'uomo nel vicolo, la scoperta che Andrew era l'Angelo della Morte, la conversazione che avevano avuto nel bagno dell'ospedale.

Tutta quella serie di eventi l'aveva letteralmente stordita.

CAPITOLO VIII

"Andrew infrange le regole"

I

Dopo aver conseguito la sua laurea in lingue straniere, Morea si era decisa a mettere a frutto i propri studi, recandosi nei luoghi dove le lingue che aveva appreso erano di uso corrente.

Ma la vera motivazione del suo improvviso desiderio di viaggiare era da ricercarsi assai più nel suo essere, che non all'esterno, nei luoghi che aveva scelto come itinerario. Aveva infatti sperimentato quella sensazione che, nella letteratura romantica tedesca, viene definita col termine *"Sehnsucht"*, ovvero "la malattia del doloroso bramare": lo struggimento per qualcosa di indefinito, di irraggiungibile, che neppure lei aveva saputo identificare con precisione.

Cristina non si era affatto sbagliata, quando aveva rivelato ad Andrew che Rea "era in cerca di *qualcuno* che non esisteva su questa Terra".

Ovviamente, per quanto potesse spostarsi da un capo all'altro del globo, Rea alla fine aveva dovuto arrendersi all'idea che davvero non esisteva sulla Terra qualcosa (o qualcuno) in grado di placare questo suo *"Sehnsucht"* e ben presto aveva ceduto ad un altro sentimento più banale e universale: la nostalgia di casa.

Così era saltata sul primo aereo e aveva ritrovato la sua città esattamente come l'aveva lasciata: il sole cocente, la spiaggia, tutto quanto! Ci sarebbe voluto Steinbeck per descriverla a dovere.

Appena lasciato l'aeroporto, aveva vagabondato per le strade, riconoscendo la parlata tipica del luogo nelle voci dei passanti, che le aveva dato il bentornato come ad una figlia che si era smarrita.

Non aveva avuto ancora il tempo di trasferirsi di nuovo dalle ragazze con la sua roba, e non aveva nemmeno trovato un lavoro.

Aveva solo una laurea da rispolverare e una Mercedes Benz.

Per adesso alloggiava in un alberghetto e lì si stava recando, dopo aver lasciato l'ospedale.

Era intontita, stanca, ma il suo spirito volteggiava come una ballerina.

L'aver condiviso con Andrew i brutti ricordi del passato l'aveva aiutata a togliersi di dosso un fardello che rischiava di schiacciarla come un'incudine e, per la prima volta in vita sua, sentì che quell' indefinito e irraggiungibile che il suo spirito tanto anelava forse non era più indefinito, e nemmeno tanto irraggiungibile.

Si sentiva su di giri come se avesse bevuto un sorso di *Chateau Petrus*, anzi, una bottiglia intera!

Continuava, questo è vero, a ripetersi che i prodigi dei quali era stata testimone dovevano necessariamente ricondursi all'esistenza di Dio; ma poi, i suoi pensieri scendevano invariabilmente di qualche gradino la scala gerarchica celeste, soffermandosi assai più sul Messaggero, che su Colui che lo aveva inviato.

D'altra parte, persino nella Bibbia Rea ricordava di aver sentito leggere, quand'era ragazzina, che: "*Tutto quello che è puro, amabile, onorato, quello che è virtù e merita lode, tutto questo sia oggetto dei vostri pensieri*".

Dunque, non c'era niente di male se i suoi pensieri, come tante ondate l'una di seguito all'altra, finivano sempre e continuamente per abbattersi spumeggianti sulla medesima spiaggia; dal momento che Andrew possedeva esattamente tutti quegli attributi che venivano citati nelle Scritture stesse.

Era stata folle a insistere nel suo odio assurdo, quando i suoi veri sentimenti erano già salpati verso ben altri lidi.

Appena salì sulla Mercedes, cercò una stazione radiofonica che soddisfacesse le emozioni che straripavano dal suo animo. Aveva una gran voglia di cantare a squarciagola.

Non appena ebbe girata la chiavetta, sovrastò con la sua voce quella della radio, che diffondeva nell'abitacolo le note
di "*Can't take my eyes off of you*":

Sei troppo bello per essere vero

Non posso toglierti gli occhi di dosso
Toccarti dev'essere semplicemente
come toccare il Paradiso.
Vorrei stringerti così forte.
Alla fine l'amore è arrivato
E ringrazio Dio di essere viva
Sei troppo bello per essere vero
Non posso toglierti gli occhi di dosso.

Stava per attaccare col ritornello, quando vide un uomo sdraiato in mezzo alla strada.

-Oh, no! Ma questa giornata non ha mai fine!- si lagnò, accostando.

In realtà era già la una passata e non era prudente per una donna sola scendere così incautamente dall'auto. Ma Rea non era mai stata cauta in vita sua.

Sembrava che lo sconosciuto fosse stato investito, o avesse avuto un malore, perché giaceva immobile.

Rea si chinò per constatare in che condizioni fosse.

Ma un istante dopo si ritrovò un coltello premuto contro la carotide:-Se gridi, non potrai più cantare, usignolo!-

Riconobbe il serpente tatuato sul collo.

L'uomo si alzò in piedi: era lo stesso che Rea aveva intravisto nel vicolo, quello vestito di nero.

-Ti ho tenuta d'occhio- continuò. -Ho apprezzato che tu non sia andata alla polizia!-

Rea cercava di mantenersi lucida, ma la paura la paralizzava.

Sentiva la lama fredda del coltello contro la gola e rimase immobile.

-Non ero sicuro se mi avessi visto oppure no- continuò lui. -Ma non potevo correre rischi-

Rapida come il morso di una vipera, Rea afferrò la mano che stringeva il manico dell'arma, allontanandola con tutte le sue forze.

L'aggressore rimase sorpreso dalla sua pronta reazione, ma era fisicamente ben piazzato e non gli fu difficile con uno spintone fare perdere a Rea l'equilibrio.

La ragazza si ritrovò sull'asfalto gemente di dolore, ma non si perse d'animo. Allungò la gamba tesa e gli fece lo sgambetto, facendolo piombare a terra accanto a sé. Lo udì imprecare e poi si accorse con somma gioia che il coltello gli era sfuggito di mano.

Era la sua occasione!

Entrambi si avventarono sull'arma, cercando di impossessarsene e di spingere indietro l'altro.

In quel preciso istante, uno spettatore apparve di fronte alle due figure che lottavano.

Andrew era comparso dal nulla e osservava la scena. Rea intravide la sua luce e pensò che non era affatto un buon segno che lui si trovasse lì.

L'Angelo sentì un nodo alla gola, quando vide che Rea stava soccombendo e che il suo aggressore aveva recuperato il coltello, ancora sporco del sangue di Sandra. Il pensiero che quell'individuo le facesse del male sotto i suoi occhi gli era insopportabile.

Vide la lama sollevarsi e brillare nell'oscurità, pronta a colpire.

Rea gridò più forte che poteva.

Senza nemmeno pensarci, Andrew si interpose fra l'aggressore e la vittima predestinata, prese quest'ultima fra le sue braccia e in un istante si dissolse insieme a lei.

Rea non aveva mai provato a "teletrasportarsi" come facevano gli Angeli e provò un senso di stordimento e di nausea.

La testa le girava, e dovette aggrapparsi ad Andrew, che la sostenne prontamente.

Quando si guardò attorno, si ritrovò in cima ad un campanile.

-Andrew! Ma cosa hai fatto?!?- domandò sorpresa, felice tuttavia di essere scampata alla morte.

-Già, stavo per domandartelo anch'io!- proruppe la voce di Celeste, furiosa.

Era apparsa accanto a loro, con le labbra serrate per trattenere la collera.

-Hai idea di che cos'è il libero arbitrio?- gli domandò.-E di come stasera tu l'abbia completamente calpestato?!?-

-Non mi importa!- replicò Andrew, rispondendo per la prima volta in vita sua a Celeste con tono seccato.- E se tornassi indietro, lo rifarei altre cento volte!!!-

-Ma bravo!- ribatté lei, sorpresa dal suo atteggiamento spavaldo.

Rea si avvicinò, ancora scossa per l'accaduto, interrompendoli.

Ovviamente riconobbe in Celeste un altro Angelo, perché riusciva a vedere il suo spirito così come vedeva quello di Andrew, ma trovava il suo sguardo tutt'altro che gentile.

-Non posso crederci, sei intervenuto...per me!- esclamò la ragazza, fissando Andrew esterrefatta.

-Questa volta non sono riuscito a restare a guardare- le rispose lui.

-Ma tu, piuttosto...stai bene?- s'informò l'Angelo, con gli occhi colmi di apprensione.

Rea annuì, ma continuava a guardare sospettosa Celeste oltre la spalla di Andrew.

-E tu, invece?... passerai dei guai per quello che hai fatto?- gli sussurrò.

-Non devi pensare a questo, adesso- replicò Andrew. -Stavi quasi per essere uccisa!-

Sulla fronte di Rea si delineò la solita piccola ruga che lui ben conosceva. -Forse stavolta dovrei andare alla polizia- azzardò.

-Credo proprio di sì- le rispose l'Angelo.

II

Andrew aveva insistito per accompagnare Rea al distretto di polizia, anche se ormai stava albeggiando, preoccupato per la sua incolumità. L'uomo che aveva tentato di assassinarla era ancora in circolazione e non le permise di andare sola, anche se la città si stava risvegliando dal suo sonno profondo.

-L'accompagnerò io- si offrì invece Celeste, con un tono che non ammetteva repliche. Andrew aveva già infranto le regole salvandola e Rea non voleva causargli altri problemi, così acconsentì a separarsi da lui e a seguire l' altro Angelo.

Salutò il suo biondo salvatore con un cenno della mano, senza proferire verbo; saluto che venne ricambiato da lui altrettanto silenziosamente.

Rea aveva la netta sensazione di non piacere a Celeste e personalmente provava una certa antipatia nei suoi confronti. Eppure dovette ammettere che non si era mostrata né scortese né ostile verso di lei. Dopotutto, era pur sempre un Angelo!

-Andrew si è comportato in modo molto grave stasera- disse l'Angelo femmina con severità.

-E' successo tutto a causa mia!- reagì immediatamente Rea. -Io l'ho accusato di non provare niente verso le persone che assiste e lui si è sentito in colpa, e soltanto per questo ...!-

Un brusco gesto della mano di Celeste la zittì.

-Esistono delle regole che per nessuna ragione vanno infrante- ribadì Celeste con tono autoritario. -Forse penserai che io sia troppo dura o che ce l'abbia con te, ma non è così. Desidero solo il bene di Andrew e non voglio che si metta nei guai-

-Io rappresento questi "guai", non è così?- replicò Rea guardandola in tralice, ma Celeste si limitò ad indicarle l'ingresso del distretto di polizia.

-Siamo arrivate, bambina. Penso che tu possa cavartela da sola lì dentro, no?-

Rea annuì e si separò dall' Angelo con immensa gioia.

Celeste la lasciò e tornò immediatamente da Andrew, che aveva abbandonato solo coi suoi pensieri.

-Il Signore ti aveva affidato quella ragazza- gli ricordò l'amica,-ma ti sei fatto offuscare dai sentimenti. Non ci devono essere preferenze fra i mortali che ci vengono affidati. Per noi devono essere tutti uguali, come lo sono agli occhi del Creatore. Lui li ama tutti indistintamente, nessuno di meno e nessuno *di più*!-

Andrew ebbe l'impressione che Celeste avesse calcato quel "di più" con un'intenzione particolare.

Morea era davvero "di più" per lui rispetto agli esseri umani che aveva seguito nella sua esistenza?

Evidentemente sì, se aveva osato sfidare regole sancite da prima che lui venisse concepito dall'Eterno Padre.

Cosa doveva fare? Scusarsi con Celeste per come si era comportato? Sarebbe stato da ipocrita, visto che non era affatto pentito di avere salvato la vita di Rea. Giustificarsi? Non poteva farlo, senza tradire i sentimenti che avevano cominciato a farsi spazio nel suo animo.

-Lo so- si limitò a rispondere e scelse di trincerarsi dietro al silenzio.

L'amica pensò che forse era meglio lasciarlo solo a riflettere, e si congedò da lui. Ma, dentro di sé, coltivò la decisione di tenerlo d'occhio, d'ora in poi. Lo avrebbe aiutato a rigare dritto, se non ci riusciva da solo.

-Il tuo incarico però continua- gli rammentò prima di scomparire.

Andrew pregò il Padre, l'Unico in grado di leggere nella sua mente e nel suo cuore, affinché l'aiutasse e gli indicasse la giusta via, ma il pensiero di Morea interferiva continuamente nelle sue preghiere.

CAPITOLO IX

"Un visitatore nella notte

I

La giornata seguente fu un incubo per Rea.

Adesso sapeva perché, nei romanzi di Rex Stout, Archie Goodwin faceva carte false per non essere convocato dall'ispettore Cramer: aveva dovuto raccontare la sua storia prima ad un agente, poi ad un sergente ed infine a un detective. Era stata mitragliata di domande di ogni genere, a molte delle quali aveva dovuto rispondere con delle menzogne, per ovvi motivi. Alla fine le avevano letto la sua deposizione perché la firmasse e le avevano permesso di andarsene.

La sua auto, abbandonata incustodita sul luogo dell'aggressione, era stata rubata, e Rea dovette chiamare un taxi. Aveva qualche spicciolo in tasca e se ne servì per pagare l'autista e per rifocillarsi. Poi si recò a riprendere cellulare e borsetta a casa delle sue amiche. Appena le ebbe messe al corrente dell'accaduto (nella versione edulcorata) non vollero neanche saperne di lasciarla sola, in una squallida camera d'albergo, mentre l'uomo che aveva attentato alla sua vita girava ancora a piede libero.

-Non è poi così squallida- protestò Rea, ma alla fine si fece convincere a traslocare da loro entro sera. Rossella era stata mandata nella casa accanto per chiedere l'aiuto di Andrew col trasloco, ma quando tornò riferì che il nuovo vicino sembrava scomparso e la casa disabitata.

Rea temette di sapere perché Andrew non c'era più: aveva sfidato l'Ira Celeste per colpa sua ed ora l'avevano punito!

Quel pensiero le dava più brividi dell'idea che un potenziale assassino vagasse libero per la città.

-Sei stata davvero coraggiosa- si complimentò Jenny con Rea. -Io non uscirò più da sola nemmeno per raccattare il giornale davanti alla porta!-

-Davvero, non so come tu faccia a mantenerti così calma, Rea- convenne Cristina quella sera, quando finalmente anche l'ultimo scatolone con dentro la roba dell'amica fu portato al piano di sopra, e poterono abbandonarsi chi in poltrona, chi sul divano.

-Se speri nelle "forze dell'ordine" sei un'illusa-.

-Per fortuna che abbiamo frequentato quel corso di difesa personale- intervenne Rossella, allungando i piedi sulle ginocchia di Jenny, che le era seduta accanto.

-Finché non l'avranno preso, io dormirò con un coltello sotto al cuscino- dichiarò Cristina.

-Per favore!- la riprese Rea volgendo gli occhi al cielo,-non voglio più sentir parlare di coltelli in vita mia!-

Dopo essersi abbuffate con del cibo cinese, si augurarono a turno la buona notte. Rea fu l'ultima a salire le scale.

Anche se non aveva voluto darlo a vedere, non era affatto tranquilla dopo la brutta esperienza vissuta. Era sicura che la polizia tenesse d'occhio la casa, ma le precauzioni non erano mai troppe. Controllò che la porta d'ingresso fosse ben sprangata, le finestre serrate e solo allora si concesse il lusso di tuffarsi nelle lenzuola profumate di fresco del suo ritrovato letto.

Ma, nonostante la faticosa giornata, il sonno faticava ad arrivare. Continuava a sentire il gelo del coltello contro la gola, a vedere la lama abbattersi su di lei.

"Adesso sono al sicuro" continuava a ripetersi. Cercò di trovare un bel pensiero che scacciasse via le ombre, e l'unica cosa che le venne in mente fu Andrew.

Si addormentò finalmente, ma il suo era un sonno agitato.

Si girava e rigirava da una parte all'altra del suo letto a due piazze, con la testata in ferro battuto, finché non rimase quasi completamente scoperta dalle lenzuola.

Indossava soltanto una maglietta larga e lunga che lasciava le gambe nude e provò un brivido gelido.

Nel dormiveglia le parve di udire dei passi nella stanza, leggeri come quelli di un gatto, ma comunque percettibili. E una presenza, proprio lì accanto a lei.

Sussultò, svegliandosi di soprassalto in un bagno di sudore, ma rimase immobile.

Tenne gli occhi chiusi, mentre il suo orecchio attento non perdeva un solo scricchiolìo. Alla fine si convinse che c'era davvero qualcuno lì con lei.

Lo sentiva camminare avanti e indietro.

Il sangue le si raggelò nelle vene come quello di un rettile. Cercò di controllare il battito cardiaco forsennato, di dominare il respiro per simulare il sonno.

Poi, improvvisamente, balzò in piedi e accese la luce.

Avrebbe anche cacciato un urlo poderoso, se Andrew non l'avesse prevenuta tappandole la bocca con la mano.

-Zitta! Sono io!- bisbigliò.

-Andrew, mi hai fatto venire un accidente!- protestò lei.

-Scusami, non volevo- continuò a bisbigliare l'Angelo. -Mi avevi detto che potevo venire a trovarti, ma dormivi e non sapevo cosa fare-.

-Non importa- rispose Rea ricomponendosi dopo lo spavento. -Credevo fossi...In realtà, non so neanch'io cosa credevo!-

Si sedettero sul pavimento l'uno accanto all'altra. Erano quasi al buio, se si escludeva la luce tenue dell' abat-jour, per non attirare l'attenzione delle altre, che avrebbero potuto notare la luce che filtrava da sotto la porta.

La prima cosa che Rea notò di Andrew, fu che era nella sua forma umana. Aveva legato i capelli con un elastico scoprendo la fronte, che era profondamente segnata dai pensieri che lo affliggevano.

-E' stata una brutta serata- spiegò, -e sentivo il bisogno di vedere qualcuno. Non volevo svegliarti, però-

-Tu mi hai salvato la vita!- disse Rea di rimando.-Puoi venire a svegliarmi quando ti pare!-

Sembrava molto abbattuto. Si voltò verso di lei e ritrovò il viso che ormai conosceva come il proprio riflesso nello specchio. Voleva farle una domanda, ma non osava. Alla fine vinse la curiosità.

-Posso chiederti chi era la persona cara che hai visto portar via quand'eri piccola?-

Rea esitò: non le piaceva parlarne. Anzi, non voleva proprio pensarci, ma si sentiva in debito verso Andrew e questo la spinse a farsi coraggio.

E poi, confidarsi con un Angelo doveva essere un po' come svelare i propri segreti in un confessionale.

-Era mia sorella- rispose. Ogni parola che le uscì dalla bocca dopo questa rivelazione le sembrò pesante come un macigno. Tuttavia continuò.

-Si chiamava Cecilia, ma noi la chiamavamo Sissy. Era la maggiore e si prendeva cura di me e degli altri miei due fratelli. Litigavamo sempre perché era così severa, acida. Dicono che ci assomigliamo fisicamente, io e lei, ma i nostri caratteri erano agli antipodi. Riusciva a trovare sempre un motivo per prendersela con me: non stavo mai ferma, rispondevo a tono, non le davo retta. Quel giorno doveva incontrarsi col suo fidanzatino, ma era stata messa in castigo... non ricordo nemmeno più per cosa. Così, decise di scappare dalla finestra e di calarsi dalla grondaia. Io stavo giocando in giardino e la vidi... Era la prima volta che vedevo morire qualcuno. Non sapevo neanche cosa volesse dire, morire. Neanche un'ora prima le avevo urlato contro che la odiavo: ovviamente non era vero, ma Sissy se ne andò col ricordo di me che le dicevo una cosa simile-

Rea s'interruppe, per cercare le parole che stentavano a venire.

Le parve di essere tornata indietro nel tempo e di essere di nuovo lì, accanto al cadavere di Sissy. Di vedere il suo spirito separarsi dal corpo. Gli occhi spenti, la posizione innaturale in cui era riversa... tutte cose che aveva rivisto per anni nella sua mente. "*Il passato non è morto. Anzi non è nemmeno passato*" pensò, citando senza rendersene conto una frase di Faulkner.

-Basta così- disse Andrew. Al suo comando, i brutti ricordi volarono via, come uno stormo di corvi spaventati da un colpo secco di fucile. Era così facile sentirsi al sicuro, in sua compagnia, e Rea riprese pian piano a respirare regolarmente.

Andrew le accarezzò i capelli con infinita dolcezza, percorrendone la lunghezza con la mano. Erano lisci e folti, come seta sotto il suo palmo e Rea ne trasse un piacere indescrivibile.

-Lei lo sa- le sussurrò. -Sissy. Lo sa che non la odiavi-

Rea annuì, ma senza troppa convinzione.

-Guarda che sono una fonte attendibile!- ribadì Andrew, scorgendo il dubbio nei suoi occhi.

Rea sorrise:- Ne sono sicura! Ma... E' che è così difficile crederci, dopo tutto questo tempo.Vorrei crederci, davvero lo vorrei!-

-Ma non ci riesci- concluse Andrew. -Perché hai vissuto per troppo tempo col tuo fardello. Liberatene e fidati di me! Tua sorella si trova nel posto più bello che possa esistere. E' amata e si è liberata di tutto ciò che l'angustiava quand'era fatta di carne-

Rea lo vide animarsi mentre parlava, gli occhi accendersi. Non era come ascoltare il discorso di un predicatore, il quale, sebbene abbia votato la sua vita a credere e sia ispirato nella dialettica, in realtà non sa più di chiunque altro cosa lo attenda dopo che la debole fiammella si sia spenta.

Ascoltare Andrew era come sentire il racconto di un viaggiatore appena tornato da qualche luogo esotico, il quale decanta con entusiasmo le bellezze del posto che ha visto coi propri occhi.

Tuttavia anche su di lui gravava un fardello. Per questo era venuto da lei.

-Mi fido di te- asserì Rea. -Ma adesso basta parlare della mia, di triste storia- concluse, chiudendo definitivamente il proprio capitolo.

- Hai detto poco fa che sei venuto a trovarmi perché volevi sfogarti con qualcuno. Significa che anche tu hai qualcosa che ti rode-

Andrew non rispose subito: sembrava stesse soppesando le parole, prima di rispondere a quell'esortazione. Poi ritirò la mano dai capelli di Rea e la guardò intensamente.

-Non ti è mai capitato di sapere esattamente cosa è giusto e come dovresti comportarti, ma il tuo cuore ti porta proprio dalla parte opposta?- le domandò.

Rea non ebbe bisogno di rifletterci sopra. -Praticamente sempre. E' la storia della mia vita!- esclamò.

-Io invece non avevo dubbi su come dovevo agire o non agire- sospirò forte Andrew. -E invece adesso il nero mi sembra bianco e viceversa. Sono ad un bivio e non so quale sentiero imboccare!-

Si prese la testa fra le mani: sembrava stesse per scoppiargli.

Rea gli posò una mano sulla spalla muscolosa. Non aveva i suoi poteri, ma poteva comunque cercare di farlo stare meglio.

-Forse non devi imboccare nessun sentiero, per adesso-gli suggerì.- Devi sederti al bivio e stare fermo. E aspettare un segno, o qualcosa di simile-

Andrew meditò sul consiglio ricevuto. Era strano come si fossero invertite le parti: di solito era lui a guidare gli esseri umani, non il contrario.

-Sì, forse hai ragione- convenne infine.

-E comunque, sulla lunga distanza c'è sempre tempo per cambiare il sentiero sul quale ti trovi- declamò Rea con una certa solennità. Andrew apparve molto colpito.

-Veramente quest'ultima frase non è mia- confessò Rea. -L'ho rubata da "*Stairway to Heaven*" dei *Led Zeppelin*. Ma questo non significa che non sia vera! Però, adesso, vorrei che rispondessi a un paio di domande che mi assillano. Sai, non è che capiti tutti i giorni di poter parlare con un Angelo, e ci sono tantissime cose che vorrei sapere...-

Continuarono per gran parte della notte a chiacchierare sottovoce.

Rea voleva sapere tutto sugli Angeli e Andrew l'accontentò, cercando di spiegarsi in modo tale che lei potesse comprendere.

A sua volta, l'Angelo era curioso riguardo gli esseri umani, soprattutto riguardo l'amore.

-Come fate a sapere quando siete innamorati?- chiese. Rea non sapeva cosa rispondergli.

-Beh, quando sei innamorato, pensi continuamente alla persona che ami. Vorresti stare sempre insieme a lei. Inventi le scuse più assurde per vederla e quando è lontana soffri, perché vorresti che fosse lì con te-

Andrew rimase molto colpito da quella spiegazione. Si sentiva come un malato al quale avessero enumerato tutti i suoi sintomi.

Non poteva negare di pensare continuamente a Rea, da quando l'aveva incontrata. Non poteva non ammettere che vederla era divenuta una necessità: il fatto stesso che si trovasse lì in camera sua, in quel preciso momento, ne era la prova lampante. E quanto alla sofferenza...

Tuttavia, il paziente si ribellò con tutte le sue energie alla diagnosi.

-Devo andare- disse all'improvviso, alzandosi in piedi.

Rea si sentì assalire da una tristezza insostenibile. Non poteva immaginare di essere lei stessa il supplizio di Andrew.

-Tornerai?- domandò, alzandosi in piedi anche lei. Nel suo tono di voce c'era tutto: tristezza, speranza, incertezza.

Andrew lasciò volutamente la risposta in sospeso. Non era ancora andato via e già il dolore della separazione lo lacerava da dentro. Sarebbe stato così facile indugiare ancora un minuto, magari anche due; ammirare per l'ennesima volta quel viso, che sembrava essere stato creato perché lui potesse guardarlo. Ma non lo fece.

-Tornerò- rispose senza aggiungere altro.

Quella promessa, o almeno tale la intese Rea, bastò a garantirle una notte un po' più serena.

-Posso chiederti soltanto una cosa, prima che tu te ne vada?- azzardò.

Le costò una grande fatica farsi avanti, ma era certa che se ne sarebbe pentita per il resto della vita, se non l'avesse fatto.

-Posso abbracciarti?- domandò.

Andrew era confuso su cosa fosse più saggio fare oppure no. Alla fine la tentazione ebbe la meglio e acconsentì.

Fu un abbraccio amichevole: Rea gli si accostò come avrebbe potuto fare con suo fratello. Ma sentirla contro di sé ebbe comunque un profondo impatto su di lui.

Quando se ne andò, i pensieri cominciarono a farlo a brandelli come avrebbero fatto degli avvoltoi con una carogna. C'erano due voci ben distinte nella sua testa, che combattevano senza sosta. Una gli segnalava il pericolo incombente: aveva già un piede nel vuoto, bastava un altro passo e sarebbe piombato giù nel precipizio. Perciò non doveva più vedere Morea, mai più. Doveva dimenticarla, così la serenità sarebbe tornata. L'unica fonte di gioia per un Angelo doveva essere quella di amare Dio e di compiere la Sua volontà.

Amare il Creatore, non idolatrare la creatura.

D'altra parte, l'altra voce negava che ci fosse la possibilità di bandirla dal suo cuore, oramai, e lo invitava a non privarsi inutilmente della sua compagnia, un piacere in fondo del tutto innocuo, che non procurava dolore a nessuno. Soltanto lui ne avrebbe sofferto, rinunciandovi, e sarebbe stata una terribile agonia.

CAPITOLO X

"L'amore proibito"

I

La mente di Andrew era ritornata a quel presente meraviglioso in cui Rea era fra le sue braccia. Le liberò la fronte da una ciocca ribelle dei suoi fluenti capelli neri, fece scorrere l'indice sulle linee quasi invisibili che univano l'attaccatura dei capelli al naso sottile, le sfiorò le palpebre socchiuse, le guance calde, le labbra delicate.

Essere guardata come lui la stava guardando in quel momento era un'emozione indescrivibile per Rea, che le provocò una contrazione dei muscoli del ventre e le fece sollevare e abbassare violentemente il petto.

Si guardava riflessa nei suoi occhi e non riusciva ancora a credere che l'amore che vi scorgeva fosse una sua esclusiva proprietà. Anzi, non riusciva più nemmeno a rammentarsi di come avesse potuto vivere, prima che Andrew divenisse parte della sua vita; prima di amarlo.

Tuttavia, un pensiero le adombrò lo sguardo.

Andrew, che non si perdeva un suo solo battito di ciglia, notò immediatamente il suo turbamento.

-Qualcosa ti preoccupa?- s'inquietò, temendo di avere causato lui involontariamente quell'ombra nella felicità della sua amata.

Rea emise un profondo sospiro.

-Come dovremo comportarci, d'ora in avanti?- gli chiese.

Andrew aveva volutamente ignorato quell'argomento, perché faceva riaffiorare, come tanti corpi annegati, tutte le pene che aveva cercato di cancellare dalla sua mente.

Aveva immaginato milioni di volte l'espressione torva di Celeste quando glielo avrebbe detto (perché doveva dirglielo, non c'era alternativa!) e sapeva esattamente che avrebbe dato in escandescenze. Avrebbe declamato infervorata quali erano i doveri di un Angelo, l'avrebbe accusato di avere varcato il limite consentitogli e, infine, avrebbe fatto leva sul suo senso di colpa, per persuaderlo che il suo amore illecito non aveva un futuro. Non uno lieto, almeno.

-Credo che Celeste sospetti qualcosa- continuò Rea. Le era anche apparsa la rughetta sulla fronte.

-Le dirò di noi- disse Andrew con voce incerta, -Ma quando sarà il momento giusto-

La sua risposta, tuttavia, non soddisfece minimamente Morea.

-Cioè, vorresti mentirle fino ad allora?- si indispettì la ragazza, arcuando le sopracciglia. -Ma credevo che voi Angeli non poteste dire bugie!-

-Infatti non le mentirò- la rassicurò Andrew.-Tacerò soltanto i fatti per un po' di tempo, a lei e agli altri Angeli. Tacere non è mentire. E quando la troverò disponibile e comprensiva...-

-Disponibile?!?- urlò Rea ritraendosi da lui. -Comprensiva?!? A parte il fatto che non le piaccio...-

-Non è vero che non le piaci- la interruppe Andrew.-Ha un carattere forte, lo riconosco, ma non è mica un'arpia. E' un Angelo anche lei, un Angelo che tiene molto alle regole-

-Appunto- concluse Rea abbassando tristemente lo sguardo.-Ti elencherà tutti i motivi per cui non avresti mai dovuto innamorarti di me, finché tu ti lascerai convincere e deciderai che è stato tutto uno sbaglio-

Andrew l'afferrò per le spalle e la costrinse a sollevare lo sguardo.

-Nessuno riuscirà mai a convincermi che amarti sia uno sbaglio- dichiarò Andrew, con il fuoco che gli ardeva negli occhi, e Rea non poté più dubitare della sua determinazione.

-Lo stesso vale per me- gli rispose.

Gli avvolse le braccia intorno al collo e lo baciò con tutta la passione che le bruciava in corpo.

All'iniziò Andrew si era lasciato trasportare dalla stessa smania, ma di colpo divenne rigido come il marmo.

-Cosa succede?- domandò Rea allarmata, sempre tenendogli le braccia attorno al collo.

-Devo andare- annunciò Andrew svogliatamente. -Purtroppo l'Angelo della Morte è molto richiesto-

Lo sguardo di Rea le cadde sul proprio orologio da polso, che sporgeva da dietro la nuca di Andrew.

-Le ragazze stanno per rincasare- disse. -Le avevo spedite al cinema, ma saranno qui fra poco-

Si scambiarono l'ultimo bacio della serata. Poi Andrew si sollevò dal divano e prese la mano di Rea nella sua.

-Quando ti rivedrò?- domandò lei ansiosa.

-Pensi di poter aspettare fino a domani mattina?-

La ragazza annuì.

-Allora, credo proprio che domani verrò a fare una visita alle mie vicine di casa...-

A poco a poco iniziò a scomparire, come il gatto di Alice, e Rea avvertì il contatto delle sue dita farsi sempre più flebile, finché non si ritrovò da sola con la mano sospesa nel vuoto.

II

Rea si rifugiò in camera sua prima che tornassero le sue coinquiline. Si sentiva così esaltata, aveva l'adrenalina in circolo a livelli talmente preoccupanti, che sospettava, non senza fondamento, che le amiche avrebbero intuito immediatamente che qualcosa di enorme le era capitato, anche senza che lei aprisse bocca.

In effetti, non riusciva a reprimere il sorriso smagliante che si ostinava ad affiorarle sulle labbra e pensò che il mattino seguente l'estasi si sarebbe attenuata e che avrebbe avuto un'aria un po' più discreta.

Tuttavia, di dormire non se ne parlava neanche.

Raggomitolata fra le lenzuola a luce spenta, con gli occhi luccicanti nel buio come quelli di un felino, s'infilò le cuffie dell'mp3 e si sparò nelle orecchie tutta una compilation di canzoni che una volta le avrebbero fatto venire la nausea, a cominciare dalla versione soft di "*Crazy in love*", che riascoltò per ben sei volte.

Alla fine si addormentò, spegnendo l'mp3 prima di chiudere gli occhi e abbandonarsi alla stanchezza.

Tuttavia il sonno le portò un ingrato regalo.

Sognò di trovarsi in un'aula di tribunale, stile Perry Mason, sul banco degli imputati. Si guardava attorno smarrita e scorgeva solo facce ostili e accusatorie.

Quando annunciarono l'ingresso del giudice, si avvide con sommo stupore che aveva le sembianze di Celeste.

Il giudice dichiarò aperto il processo con un colpo secco di martelletto e un omino con gli occhiali si fece avanti con un foglio lunghissimo, sul quale erano annotate le colpe di cui Rea era accusata.

Ci volle un'ora abbondante all'omino per leggerle tutte quante ad alta voce, un'ora durante la quale Rea si ribellò più volte, balzando in piedi e urlando che erano tutte falsità e costringendo la Celeste del sogno a fare largo uso del martelletto, minacciando di far intervenire le guardie.

-Silenzio in aula! Silenzio in aula!- ripeteva sguaiatamente.

Rea alfine si sedette imbronciata, e pensò fra sé e sé che molte delle accuse erano totalmente prive di senso.

Ma la più grave era quella di avere corrotto l'anima immortale di un Angelo, inducendolo in tentazione con le sue "arti da ammaliatrice".

Rea fece una smorfia e pronunciò a denti stretti una parola che nessuno udì, per sua fortuna.

Alla fine dell'estenuante lettura delle sue presunte colpe, Rea si avvide che nessun avvocato difensore era seduto al suo fianco.

-Vorrà dire che mi difenderò da sola- dichiarò, e fu messo a verbale.

Si alzò in piedi e squadrò tutte quelle facce antipatiche, sfidandole con lo sguardo. -Mi dichiaro innocente!-

La sua voce riecheggiò fino in fondo all'aula, scatenando indignazione fra molti dei presenti.

-Non ho "ammaliato" nessuno- continuò Rea. -Io amo Andrew e lui ama me. Non so come sia possibile, dato che non sono buona, ho un carattere difficile e sono ostinata. Non merito l'amore di un Angelo, ma per qualche misterioso motivo mi è stato concesso questo privilegio. E non perché io lo abbia corrotto- a questo punto il suo sguardo si scontrò con quello arcigno del giudice,- ma perché lui ha visto in me qualcosa che l'ha indotto ad amarmi. Solo di questo sono colpevole - concluse.

Scese di colpo un silenzio angosciante e Rea, non sapendo che fare, si sedette.

Il giudice si ritirò per deliberare, ma stette via pochissimi minuti.

Rea temeva il peggio, ma non volle dargliela vinta e si trincerò dietro un muro d'impassibilità. Celeste si accinse finalmente a rendere nota la sentenza.

Ma, proprio in quel fatidico momento, un ronzìo assordante invase l'aula e sovrastò la voce del giudice che enunciava il verdetto.

Di colpo Rea si svegliò e si ritrovò nel proprio letto, dove sembrava fosse avvenuta una battaglia. Le lenzuola erano tutte arrotolate e i cuscini gettati qua e là. Allungò il braccio e spense il ronzìo assordante, ovvero la sveglia. La luce del sole s'insinuava a malapena fra le fessure delle imposte chiuse.

Rea rammentò che durante la notte c'era stato un violento temporale e di avere chiuso tutte le imposte della casa.

Si lasciò cadere all'indietro sul letto a braccia spalancate, facendo cigolare le molle del materasso, e ripensò alla notte precedente. Ad Andrew!

L'assurdo sogno del tribunale non era riuscito a sedare il suo entusiasmo. Era soltanto frutto del suo subconscio, decise, e non valeva la pena sprecarci un solo istante.

Anzi, non vedeva l'ora che la giornata cominciasse, perché Andrew aveva promesso di farsi vivo quel mattino stesso.

Perciò Rea abbandonò rapidamente la posizione orizzontale e corse ad aprire le persiane, per invitare il sole ad illuminarla.

Mentre guardava fuori, in strada, gli occhi le si accesero e il sorriso smagliante spuntò di nuovo ostinatamente sul suo volto.

CAPITOLO XI

"Andrew infrange nuovamente le regole"

I

Esiste una canzone del 1969 intitolata "Everybody's talkin' ", che parla di un tizio a cui tutti si rivolgono, ma lui non sente una sillaba di quello che dicono, solo delle eco nella sua mente. Si fermano a guardarlo, ma lui neanche li vede, perché è tutto preso dalle cose che gli frullano nella testa.

Ebbene, Rea quella mattina si comportò esattamente così con le sue amiche, quando le raggiunse in cucina all'ora della prima colazione.

Jenny, Rossella e Cristina erano sedute attorno al tavolo, sorseggiando caffé e divorando muffin, quando la loro inquilina fece la sua apparizione.

Da quando era tornata a vivere assieme a loro, erano abituate a vederla ogni mattina entrare in cucina ciabattando rumorosamente, avvolta nella sua felpa larga e lunga, lamentandosi del fatto che nessuno degli account a cui aveva spedito il suo curriculum vitae si fosse ancora degnato di mandarle un'e-mail di risposta.

Perciò, rimasero non poco sorprese quando la udirono sopraggiungere cantando come un'allodola:

Pensavo che forse tu mi amassi, baby
Ora ne sono certa.
E non vedo l'ora che tu bussi alla mia porta.

E furono ancora più sbalordite, quando la videro varcare la soglia ancheggiando su dei tacchi vertiginosi, vestita di tutto punto. Indossava un top viola molto scollato, che svolazzava ad ogni suo passo, e quando raggiunse i fornelli per prendere la caffettiera, dando loro le spalle, rimasero a bocca aperta nel constatare che l'indumento era sostenuto da un semplice laccio annodato sulla schiena, che era praticamente scoperta.

Si lanciarono l'un l'altra sguardi interrogativi, mentre Rea si sedeva al tavolo per sorseggiare il suo caffé, continuando imperterrita a canticchiare "*Walking on sunshine*". Sembrava davvero che camminasse su un raggio di sole!

-Come seiii... elegante, Rea!- esclamò Jenny, alla quale non era venuto in mente nessun altro aggettivo. -Devi andare da qualche parte?-

Morea pareva assorta in una fantastichería tutta sua, che di tanto in tanto le faceva affiorare un sorrisetto sulle labbra, e non si accorse nemmeno di essere stata interpellata. Le altre ripresero come se nulla fosse a raccontare del film che avevano visto la sera prima, di come il temporale le avesse sorprese all'uscita dal cinema e di quanto fossero inzuppate dalla testa ai piedi, quando finalmente ebbero raggiunto il pick-up di Rossella. Rea non fece alcun commento e il suo sguardo era irrimediabilmente perso nel vuoto.

Le altre tre si scambiavano gomitate e sguardi perplessi.

Improvvisamente, il campanello trillò e fu allora che Rea ritrovò l'uso della parola.

-VADO IO !!!!!- gridò, correndo incontro alla porta d'ingresso come se fosse stato il portale per il Paradiso.

Per la verità, un lieve dubbio aveva increspato la sua sicurezza: e se fosse stato il postino a suonare? No, troppo presto.

E se fosse stato uno degli altri vicini? Ma no, per quale ragione!

Il ragazzo dei giornali era da escludere: lanciava il giornale e se ne andava, non suonava i campanelli.

Si diede una rapida occhiata nello specchio appeso nell'atrio, sistemandosi i capelli con le mani, e quindi si accinse ad aprire la porta.

Girò la maniglia con un fremito, e poi rimase lì impalata con l'espressione di un cieco che, appena riacquistata la vista, vede il sole splendere per la prima volta.

Era veramente Andrew: in carne, ossa e Spirito!

Ed era ancora più bello della sera prima, o così apparve agli occhi innamorati di Morea. Le sembrava che i suoi lineamenti fossero più virili, lo sguardo più intenso, le ciocche dei capelli degne di rivaleggiare coi raggi del sole di agosto. Il sorriso, poi...!

A Rea non venne in mente niente che potesse anche solo lontanamente eguagliare un sorriso simile, che le mozzasse il fiato come le stava accadendo in quel momento.

Anche lui la fissava estasiato, come se avesse avuto di fronte la cosa più bella che a Dio fosse venuto in mente di creare. Rea avrebbe voluto baciarlo immediatamente, lì sulla soglia di casa, ma fu costretta a rimandare le effusioni.

-Ciao, Andrew!- cinguettò alle sue spalle Rossella. -Sei venuto a trovarci? Credevamo avessi traslocato di nuovo!-

In effetti, nonostante Andrew fosse venuto spesso a trovare Rea in quell'ultimo periodo, aveva accuratamente evitato di presentarsi a casa sua quando non era sola. La ex casa della signora Carey, poi, dove aveva affermato di essersi trasferito, sembrava abitata più da uno spettro che da una persona viva, e dunque l'osservazione di Rossella era più che giustificata.

Eppure, a Rea parve di cogliere una sfumatura maliziosa nella voce dell'amica. Le lanciò un'occhiataccia, ma la bionda finse di ignorarla e continuò imperterrita a rivolgersi al presunto vicino di casa.

-Io devo andare al lavoro,- gli disse infatti, - e anche le altre. Ma sono sicura che Rea saprà...*accontentarti*. Di qualunque cosa tu abbia bisogno!- e detto ciò, uscì passando accanto all'Angelo, gli scoccò un sorrisetto assai eloquente e discese in fretta la scalinata di pietra.

Quel "*saprà accontentarti*" era così carico di sottintesi assai poco angelici, che le guance di Andrew si accesero violentemente di rosso. Rea lanciò a Rossella uno sguardo inceneritore, mentre la osservava salire sul suo pick-up e allontanarsi.

-Forse avrei dovuto venire in un altro momento- osservò Andrew, scrutando oltre le spalle di Rea con fare circospetto.

Rea, leggendogli nel pensiero, diede una sbirciatina in casa per controllare cosa stessero facendo Jenny e Cris: erano nel vivo di una conversazione, perciò lei e Andrew avevano campo libero ancora per diversi minuti. Il suo sguardo fu nuovamente catturato dal suo bellissimo Angelo.

-Com'è andata, ieri notte?- gli domandò.

-Meglio non parlarne- rispose Andrew con una smorfia.

-Voglio dire, la prima parte è stata... semplicemente meravigliosa! Ma poi, come sai, sono stato chiamato...e preferirei dimenticare dove ho trascorso le ultime ore!-

-Allora, concentriamoci sulla parte "semplicemente meravigliosa"- propose Rea, avvicinandosi a lui e accarezzandogli le braccia, facendovi scorrere le dita in su e in giù.

-Sono assolutamente d'accordo!- assentì Andrew, attirandola a sé.

Rea protese le labbra verso le sue, ma l'improvviso scalpiccìo di tacchi nel corridoio li costrinse ad allontanarsi frettolosamente l'uno dall'altra.

-Sono in ritardissimo!- strillò Cristina, correndo fuori dalla porta e precipitandosi a rotta di collo giù per la scalinata di pietra, senza degnarli nemmeno di uno sguardo.

-Aspettami!- implorò Jenny, cercando di stare al suo passo. Augurò frettolosamente il buongiorno ad Andrew e a Morea e poi si allontanò anche lei.

-Credo che la "processione" sia terminata- sbuffò Rea, esasperata dalle continue interruzioni.

-Vuol dire che la casa è finalmente libera?- chiese Andrew con evidente impazienza. Si scambiarono uno sguardo d'intesa e sgattaiolarono dentro la casa vuota.

Andrew accostò la porta appoggiandovisi con la schiena, mentre stringeva finalmente Rea fra le sue braccia e, quando finalmente si baciarono, la ragazza avvertì che un cambiamento era avvenuto in lui.

Fino a quel momento, i baci di Andrew erano sempre stati dolci e innocenti. Ma quel mattino, inaspettatamente, lo sentì più ardito e passionale. Le esplorò la bocca, assaporandola tutta come se fosse stato un frutto succoso, e non sembrava mai sazio. Lo stesso Andrew si stupì della propria audacia, mentre si staccava ansimante da Rea e la osservava attonito.

Rea gli sorrise, rassicurante ed invitante allo stesso tempo, e lo prese per mano guidandolo verso il salotto.

Andrew si lasciò condurre in silenzio, come sotto l'effetto di un incantesimo.

Quando si sedettero sul divano, indugiò un istante a guardarla, e poi riprese a baciarla ancora in quel modo per lui del tutto nuovo, con forza e desiderio, tenendole il viso fra le mani. Sentiva il petto di Rea contrarsi e distendersi contro il proprio, ad un ritmo sempre più sostenuto e, per la prima volta in vita sua, seppe cosa significava essere dominato dalla passione.

Fu terribilmente difficile staccarsi da lei e riprendere il controllo dei propri sensi.

-Giuro che non ho mai provato niente di simile da quando esisto!- esclamò ansimante, appoggiandosi contro lo schienale del divano.

Si era chiesto più volte, osservando gli esseri umani scambiarsi tenerezze, cosa mai provassero di tanto straordinario, che li induceva spesso a commettere delle autentiche follie. Adesso veniva travolto dall'onda in prima persona, ed era tutto così incredibile, così stupefacente, che si chiedeva come avesse potuto vivere per tanto tempo nel buio più completo, riguardo ad una cosa simile.

-A cosa stai pensando?- lo interrogò Rea, notando la sua espressione assorta.

-Stavo pensando a quanto mi ero illuso di aver compreso l'amore umano semplicemente osservandovi da fuori- le rispose Andrew. - Ma, adesso che lo sto vivendo in prima persona, mi rendo conto che non avevo capito proprio niente. E mi ci sono voluti tutti questi secoli, prima che l'amore mi trovasse. Prima d'incontrare te!- concluse.

-Allora non torneresti indietro?- gli domandò a bruciapelo la ragazza.

-Stai scherzando!- rispose Andrew passandole un braccio attorno alle spalle. -Darei tutti i miei futuri secoli a venire, in cambio di questo!-

Rea affondò il viso contro il suo petto, e Andrew le diede un bacio sulla testa, sfiorandole i capelli con le labbra.

In quel preciso istante, fu assalito da un presentimento nefasto, come se quella fosse stata l'ultima volta che teneva Morea fra le braccia.

Di colpo la stanza si oscurò, e un dubbio terribile si affacciò alla mente di Andrew, spingendolo a voltarsi per controllare che Rea fosse ancora lì al suo fianco.

Sussultò atterrito, quando invece della sua calda presenza trovò accanto a sé soltanto il vuoto, gelido e senza vita. Era come se le tenebre l'avessero inghiottita, portandosela via. Un senso di indicibile solitudine attanagliò lo spirito di Andrew, raggelandolo.

"Ma cosa mi sta succedendo?" si chiese sconvolto. "Tutto questo non può essere reale!"

Gli Angeli non dormono e non sognano, ma a lui apparve evidente che ciò che stava vivendo era molto simile a quello che gli umani definiscono "incubo".

Fu la voce di Rea a risvegliarlo.

-Andrew!- si lamentò. -Mi stai stritolando!-

A poco a poco l'oscurità si diradò, ma Andrew aveva quasi paura a voltarsi di nuovo. Quando finalmente lo fece, constatò con sollievo che, questa volta, Rea era esattamente lì dove doveva essere e cioè accanto a lui, ed emise un profondo sospiro, che gli svuotò il petto dall'angoscia che vi gravava.

Rea lo stava osservando con gli occhi sbarrati, incuriosita ed allarmata insieme.

Solo allora l'Angelo si avvide che, senza rendersene conto, il terrore di perderla lo aveva indotto a stringerla a sé con una forza eccessiva. Subito allentò la presa, ancora stordito dall'influsso di quel terribile presagio.

-Cos'è successo, Andrew?- gli domandò Rea con apprensione.

"Vorrei saperlo anch'io!" si chiese Andrew. Non riusciva a dare un senso alla visione che lo aveva sopraffatto. "Dev'essere stato soltanto uno scherzo della mia immaginazione" si convinse.

-Non è successo niente, davvero!- rispose. -Ero soltanto... sovrappensiero-

Rea apparve sollevata:- Mi avevi quasi spaventata!-

Le nubi svanirono dallo sguardo di Andrew, che ritornò ad essere calmo e limpido come il mare in una giornata senza vento.

-Non c'è assolutamente niente di cui devi avere paura- la rassicurò Andrew, scostandole una ciocca di capelli che le era scivolata di fronte agli occhi e sistemandogliela dietro l'orecchio.

Poi, d'improvviso, si batté una mano sulla fronte.

-Oh, me n'ero completamente scordato!- esclamò l'Angelo.

-Ho qualcosa per te!- annunciò, fremente di eccitazione. Ordinò a Rea di chiudere gli occhi, e lei obbedì, ansiosa come una bambina la notte di Natale.

Un attimo dopo, Andrew le aveva allacciato qualcosa al polso.

Rea spalancò gli occhi e ammirò estasiata un braccialetto d'argento che spiccava al suo polso. C'era un'iscrizione, sulla parte liscia: *"Ora e per Sempre"*.

-Ti piace?- s'informò Andrew.

-Se mi piace...!- Rea gli si lanciò addosso, abbracciandolo e baciandolo.

-Lo adoro, lo amo!- esclamò con gli occhi che le sfavillavano. -Dovranno amputarmi la mano, per portarmelo via!- dichiarò con entusiasmo. Poi un pensiero le attraversò la mente.

-Voglio che anche tu abbia qualcosa di mio!- disse. Si sollevò i capelli con le mani, e gli chiese di aiutarla a sganciare il gioiello che le pendeva dal collo.

Si trattava della catenella d'oro col ciondolo a forma di "M", che Andrew le aveva già visto indosso quando aveva messo piede in quella casa per la prima volta.

-Me l'hanno regalata le ragazze per il mio compleanno- spiegò lei.

-Sei sicura di volertene separare?- domandò Andrew. Rea assentì fermamente, e quando l'Angelo ebbe indossato il pendente, sorrise compiaciuta.

-La "M" purtroppo è nascosta sotto la camicia- osservò lui dispiaciuto.

-Ma io saprò lo stesso che tu la porti- asserì Rea con soddisfazione.

Andrew stava per baciarla, ma improvvisamente lo sguardo gli si oscurò. La ragazza riconobbe immediatamente quell' espressione sul suo viso: era una chiamata ultraterrena.

Avrebbe voluto esclamare: -Oh, no! Non adesso!-, ma decise di celare l'irritazione che provava e si limitò a ringraziarlo per il regalo. Andrew le rispose facendo tintinnare il ciondolo da sotto la camicia. Poi si chinò e le diede un lungo bacio sulla fronte. Rea chiuse gli occhi, escludendo dalla propria mente qualunque cosa che non fosse il calore di quelle labbra.

Quando li riaprì, l'Angelo era scomparso.

Non le aveva detto che era stata Celeste a convocarlo.

II

-Ti devo parlare- esordì Celeste.

Nel sentire quelle parole, Andrew ebbe un brivido.

Si trovavano in cima ad un grattacielo e osservavano la folla muoversi dall'alto come un enorme formicaio.

-Anch'io ti devo parlare- la prevenne lui, avvertendo che era giunto il momento. Non era nella sua natura avere segreti, compiere sotterfugi e cose di questo genere. -E' da molto tempo che ti devo fare questo discorso- precisò, facendo appello a tutto il suo coraggio.

-Prima, se non ti spiace, vorrei dirti io due parole- lo interruppe Celeste. -Si tratta di Morea-

Chissà come, Andrew se l'era aspettato: si sentiva come un ladro sorpreso a rubare. Ma la cosa terribile era che non provava senso di colpa per ciò che aveva fatto, ma solo per essere stato scoperto e questa consapevolezza generava in lui sentimenti contrastanti. La vocina ricominciava a farsi sentire, tormentandolo. Era come un moscerino fastidioso che gli ronzava nelle orecchie, troppo rapido per poterlo schiacciare.

"Lo sapevi benissimo che ciò che stavi facendo andava contro ogni principio, ma non mi hai voluto dare retta!" sussurrava la voce.

"Smettila! Smettila!" implorava silenziosamente l'Angelo e sembrava che la testa gli stesse per scoppiare.

-Credo, no, anzi, sono sicura che quella ragazza prova dei sentimenti per te- continuò Celeste, ignorando completamente la lotta interiore che stava combattendo il suo amico. -Un genere di sentimenti che possono portare a serie complicazioni, se non vengono stroncati sul nascere-.

Andrew tirò inconsciamente un sospiro di sollievo: Celeste non aveva idea del suo amore per Rea, era semplicemente convinta che la ragazza avesse una cotta per lui.

"Ma io devo dirle la verità" pensò. "Devo dirle che si sbaglia, che amo Rea con tutto il cuore e che non voglio troncare un bel niente. E affrontare le conseguenze". Quest'ultima era la parte più dura.

Celeste intanto continuava con la sua predica, rimproverandolo di avere incoraggiato l'inclinazione di Rea verso di lui, di averle riservato un trattamento privilegiato, intervenendo a salvarla.

-E soprattutto- concluse, -non la stai aiutando a mettere ordine nella sua vita. Non ha un lavoro, forse non ne sta nemmeno cercando uno, e Dio solo sa cosa combina tutto il giorno!-

Andrew non riusciva ad aprire bocca. Era come bloccato. La gola era secca e gli bruciava.

-Morea... Morea ha molte qualità- disse con un notevole sforzo.

-Lo so- rispose Celeste.-Ma non ne sta facendo un grande uso. Forse perché è troppo presa dalle sue fantasticherie su di te-

Andrew non si era mai sentito così a disagio in vita sua. Un essere umano, al suo posto, forse avrebbe cercato una via d'uscita sminuendo le paure di Celeste, affermando che dava troppa importanza a questa bizzarra idea che si era fatta circa la ragazza. Ma sarebbe stata una menzogna colossale, e quindi l'Angelo non la prese neppure in considerazione.

"Affrontare le responsabilità!" si ripeté con decisione.

-Quando ti ho detto che desideravo farti un certo discorso, si trattava proprio di questo-. Cercava di prendere l'argomento il più alla larga possibile, ma non era affatto facile.

Forse sarebbe anche riuscito a confessare, alla fine, se qualcosa di inaspettato non si fosse interposto.

Una comunicazione giunse ad Andrew dall'Alto.

-Necessitano l'Angelo della Morte!- esclamò.

-Vai, allora!- lo esortò l'amica. -La finiremo più tardi, questa conversazione-

-Ma non pensare di scamparla!- aggiunse, prima che lui scomparisse.

Andrew aveva un gran brutto presentimento e quando arrivò sul luogo dove era stato inviato si rese conto della ragione. Sapeva che Rea aveva chiamato spesso la polizia, in quei giorni, per sapere se c'erano novità riguardo la cattura del suo aggressore, ma quelli del distretto l'avevano sempre congedata freddamente, affermando di stare facendo il possibile. Inoltre, il poliziotto che piantonava casa sua nei primi giorni dopo il tentato omicidio e che la ragazza aveva individuato facilmente, benché fosse in borghese, aveva abbandonato la sua postazione ormai da tempo.

Rea aveva anche cercato di mettersi in contatto con l'altra donna aggredita, Sandra, ma quest'ultima aveva lasciato l'ospedale ed era risultata irrintracciabile.

"Fino ad ora" pensò Andrew inorridito, mentre una scena di inaudita violenza si presentava ai suoi occhi.

Qualcuno stava strangolando la donna, ed era uno spettacolo così orribile che l'Angelo pregò il Signore di dargli la forza di resistere, per poter accogliere poi l'anima di Sandra.

Quest'ultima lottò fino (era proprio il caso di dirlo) al suo ultimo respiro, divincolandosi, ma alla fine gli arti ricaddero inerti e il volto assunse il colorito tipico della morte per asfissia.

Quindi l'assassino se ne andò dalla porta principale, il cui catenaccio era stato fatto saltare, fischiettando.

Quando furono rimasti soli, Andrew vide lo spirito della defunta sollevarsi, abbandonando le spoglie mortali.

Sandra contemplò l'Angelo risplendere in tutto il suo fulgore.

-Sei lo stesso Angelo dell'altra volta!- esclamò. -Non ho mai dimenticato le cose che mi sussurravi mentre giacevo sanguinante, su Dio e sul Paradiso. Il ricordo delle tue parole mi ha aiutata, mentre sentivo che la vita mi veniva strappata via!-

-Solo la tua vita terrena ti è stata strappata via- le rispose Andrew.-

Adesso te ne attende una migliore, che nessuno potrà toglierti-

A questo punto avrebbe dovuto porgerle la mano e condurla via con sé, ma, mentre gliela tendeva, si bloccò. Aveva riconosciuto l'assassino e temeva di indovinare il prossimo indirizzo al quale si sarebbe diretto.

La sua luce vacillò e gli occhi verdi si adombrarono.

Continuava a rivedere l'immagine di poco prima, solo che al posto di Sandra c'era Rea che soccombeva, col bel volto congestionato. E questo non poteva accettarlo. Ripensò all'allucinazione che aveva avuto a casa di Rea, e si chiese se non si fosse trattato di una premonizione di ciò che stava per accadere.

Sapeva benissimo che il suo incarico era prendersi cura dell'anima di Sandra, e che il Padre aveva a disposizione milioni di Angeli per occuparsi di Morea, ma il suo cuore gli suggeriva di intraprendere una strada del tutto diversa.

Alla fine, prese una decisione, accettandone le inevitabili conseguenze. Col pensiero, invocò l'aiuto di un altro Messaggero Celeste, che apparve in un battito di ciglia.

Era un altro Angelo della Morte, anch'egli rilucente dell'Amore di Dio.

-Non posso accompagnarti a Casa, Sandra- disse Andrew con un fremito nella voce. -C'è una cosa che devo assolutamente fare. Questo è Alec, ci penserà lui a restare con te-. Alec era sbalordito.

-Ma io non ho ricevuto nessun avvertimento di questo!- protestò.

Andrew lo scongiurò con lo sguardo.

Alec vi lesse la sua disperazione e alla fine cedette. Porse il braccio a Sandra con un sorriso.

-Mi prenderò io cura di te- disse. Lo spirito della morta, che appariva smarrito di fronte a tanta confusione, avvolse il proprio braccio attorno a quello del nuovo arrivato e si risolse ad andare via con lui.

Andrew, intanto, non aveva certo aspettato di vederli scomparire: si era proiettato immediatamente a casa di Rea, e l'aveva trovata seduta esattamente dove l'aveva lasciata, a leggere il giornale.

-Dio sia lodato!- esclamò, quando la vide sana e salva.

-Andrew!- sussultò Rea. -Ma cosa succede?-

Il campanello squillò.

-Non aprire!- le intimò l'Angelo. -E' quell'uomo! E' qui per ucciderti!-

-Ma cosa stai dicendo!-

Andrew cercò di farle un breve riassunto, ma parlava così affannosamente che Rea capì sì e no una parola su tre.

-Vado a controllare dallo spioncino, va bene?- disse alzandosi dal divano. Posò il giornale e s'incamminò a piedi scalzi verso la porta d'ingresso e quindi guardò attraverso l'occhio magico. A questo punto scoppiò a ridere.

-Ti sei sbagliato, è soltanto Jenny che ha di sicuro scordato qualcosa- disse, e fece per togliere il gancio di sicurezza alla porta.

Ma, d'un tratto, si arrestò.

C'era qualcosa di strano nell'espressione di Jenny, qualcosa che non le tornava.

-Aprimi, Rea. Per favore!-

Anche la voce era strana, tremolante.

Andrew era perplesso quanto lei e perciò attraversò la porta e si ritrovò fuori.

-E' qui, la sta minacciando con un coltello!- gridò.

Soltanto Rea poteva udirlo, grazie al suo dono di vedere e sentire gli Angeli quando erano nella loro forma ultraterrena.

-Cosa devo fare?- bisbigliò. Poi ebbe un'idea.

La porta si spalancò, cigolando, di fronte all'assassino. Come aveva detto Andrew, teneva in ostaggio la povera Jenny, bianca come un panno lavato. Quando la porta fu aperta completamente, l'uomo s'avvide che non c'era nessuno sulla soglia.

-Che scherzi sono questi!- s'infuriò, digrignando i denti e spingendo dentro Jenny, paralizzata dal terrore.

Quando fece per entrare anche lui, un calcio ben assestato lo colpì nello stomaco, strappandogli un grido di dolore e facendogli cadere il coltello.

Rea, che era rimasta con la gamba sospesa, si ricompose e afferrò l'arma da terra. Si era semplicemente nascosta dietro la porta e aveva agito al momento opportuno.

-Corri a telefonare al 911!- urlò a Jenny, che non se lo fece ripetere due volte e corse in soggiorno.

-Presto, Rea! Si sta rialzando!- la incitò Andrew.

Infatti l'aggressore, che si era lasciato cadere in ginocchio per il dolore lancinante, si stava riprendendo, ed era ancora più infuriato di prima. Chiuse la porta d'ingresso con un calcio e si lanciò all'inseguimento di Rea, che era scappata in salotto portandosi via il coltello come difesa.

-Non so con che razza di gioco di prestigio sei riuscita a sfuggirmi, l'altra volta, ma stavolta giuro che ti ammazzo!- ringhiò l'energumeno.

Ora Rea poté osservarlo bene, alla luce del giorno: era alto, massiccio, con capelli e occhi castani e un viso che sarebbe risultato anonimo, se non fosse stato per il tatuaggio sul collo: un vistosissimo dragone verde tutto attorcigliato.

-Attenta!- le gridò Andrew, che era sempre al suo fianco.

Un diretto in pieno volto la fece cadere a terra e il coltello volò via.

L'uomo col tatuaggio si avventò sopra di lei e le afferrò la gola con le grosse mani, cominciando a stringere.

-Oh, no! Padre! No!- urlò Andrew, temendo che il suo incubo peggiore stesse per avverarsi.

Come la povera Sandra, anche Rea lottava con tutte le sue forze, cercando di liberarsi da quei pollici enormi che le premevano contro la giugulare, ma non ci riusciva.

La vista le si stava annebbiando per la perdita di ossigeno. Voleva gridare, ma non poteva.

Per un attimo si credette perduta.

L'aggressore la teneva schiacciata a terra sotto la sua mole e l'avrebbe certamente uccisa, se Andrew non fosse intervenuto. Rea era stordita, tutto le appariva offuscato, ma la luce dell'Angelo le giunse come un faro nella nebbia e le diede nuova speranza.

L'aggressore avvertì una forza misteriosa, contro la quale gli era impossibile ribellarsi, che gli afferrò saldamente i polsi e lo costrinse a lasciare andare la presa.

Sgranò gli occhi per lo stupore, di fronte ad un simile prodigio.

Ovviamente non poteva vedere Andrew che gli teneva strette le mani, ma Rea sì. Nonostante l'uomo fosse forte e muscoloso, l'Angelo non dovette fare alcuno sforzo per dominarlo. Rea, intanto, cominciò a tossicchiare, tastandosi la carotide dolorante sulla quale erano visibili dei segni rossastri.

Anche la mascella era livida, per via del pugno che aveva ricevuto.

Intanto, l'uomo si guardava attorno con gli occhi dilatati dal terrore.

-Cosa succede!- gridò.-Cosa diavolo...!-

"Non il diavolo, ti sei sbagliato!" pensò Rea.

Comunque, quell'imprecazione fu l'ultima cosa che il suo mancato assassino ebbe modo di pronunciare poiché, subito dopo, lanciò un urlo acutissimo, stramazzando a peso morto a pochi centimetri da Rea.

Jenny gli era arrivata alle spalle, e lo aveva colpito alla testa con uno degli alari del caminetto. Se fosse stato vibrato da una mano più forte e determinata, un colpo simile avrebbe potuto spaccargli la testa, ma Jenny non era molto forte e non gli procurò niente di più grave di un trauma cranico.

Quando lo videro crollare privo di conoscenza, sia lei che Andrew trassero un profondo sospiro di sollievo.

Subito dopo, Jenny lasciò andare l'attizzatoio, che cadde sul pavimento producendo un forte clangore metallico, e si chinò per soccorrere l'amica.

Andrew, intanto, le stava già accarezzando la sommità del capo.

-Amore mio, sei al sicuro adesso- le sussurrò.-Sento le sirene della polizia che stanno arrivando-

Rea cercò di rialzarsi a fatica.

-Questa è già la seconda volta che infrangi le regole per me- disse, con voce così flebile da udirsi a malapena.

-Dio sia lodato, sei ancora viva!- esclamò intanto Jenny con la voce carica di apprensione. Sembrava che stesse per scoppiare in una crisi di pianto. -Vuoi che ti aiuti a rialzarti?- si offrì.

-Questa volta non te la caverai con poco, non è vero?- continuò ancora Rea con un filo di fiato, sempre rivolta ad Andrew.

Non ci fu bisogno che lui le rispondesse: la sua espressione era più che sufficiente.

-Scusa, che cosa stavi dicendo?- domandò distrattamente Jenny mentre l'aiutava a rimettersi in piedi.

Rea volse un ultimo sguardo verso il suo amato Angelo.

-Non devi preoccuparti- disse Andrew. -L'unica cosa di cui veramente m' importa è che tu stia bene- e le sfiorò il viso con le sue dita invisibili.

-Adesso però devo andare- annunciò, con lo stesso tono di voce di un uomo che si avvia al patibolo.

Rea lo osservò svanire con una stretta al cuore e, istintivamente, accarezzò il braccialetto che lui le aveva regalato proprio quella mattina.

Poi si rivolse a Jenny.

-Leghiamo questo... figlio di buona donna, prima che riprenda i sensi-.

CAPITOLO XII

"La confessione di Andrew"

I

Non ci fu alcun bisogno che Andrew aprisse bocca: lo sguardo inviperito di Celeste gli comunicò chiaramente che era stata informata di quanto era avvenuto.

L'aveva raggiunta sullo stesso tetto del grattacielo dove l'aveva lasciata quando aveva deciso di confessarle tutto, riguardo al suo amore per Rea.

-So cosa stai per dire...-iniziò Andrew, ma Celeste gli impedì di finire la frase.

-No, che non lo sai!- gridò. E sembrava che le costasse una fatica immane non cedere all'ira. Era come una caldaia sul punto di esplodere, ma era anche consapevole di essere pur sempre un Angelo, anche se profondamente arrabbiata, e dunque di dover mantenere un contegno adeguato.

-Stento ancora a crederci- continuò. -Come hai potuto abbandonare l'anima di quella donna..!-

-Non l'ho abbandonata!- si difese Andrew con un tono di voce forse più alto del necessario.-Mi sono assicurato che Alec si prendesse cura di lei e solo allora sono andato da...-

-Non osare interrompermi!- lo zittì Celeste puntandogli contro l'indice. -Questa è la seconda volta che infrangi... Infrangi?!? Ma cosa dico, che calpesti e prendi a calci e fai a pezzi le regole che limitano il tuo intervento nelle faccende umane! Non ti eri mai comportato così, prima d'ora!-

-Perché prima d'ora non avevo mai amato nessuno, ma adesso è tutto diverso!-

Quelle parole gli erano rimaste per tanto tempo sulla lingua, bloccate dalla paura come uccellini timorosi di lasciare il nido.

Ma, ora che avevano finalmente spiccato il volo, Andrew sentì che la paura era scomparsa, e anche il senso di oppressione che lo affliggeva, causato dal dover tenere nascosta la verità a chi gli era più vicino.

Celeste lo fissava come si potrebbe fare con qualcuno che non è in sé.

-Sì, è da tanto tempo che volevo dirtelo e prima stavo per farlo- continuò Andrew, con gli occhi accesi e la voce piena di enfasi.-Io amo Rea più di ogni altra cosa esistente, compreso me stesso, e anche lei mi ama!- affermò con un'espressione di sfida verso l'Universo intero.

La rivelazione lasciò Celeste a bocca aperta, cosa che le accadeva assai di rado.

Come aveva potuto essere così cieca?

Adesso, guardando attentamente gli occhi verdi di Andrew agitati come un mare in tempesta, si chiese dove fossero stati rivolti i suoi, di occhi, per non accorgersi di qualcosa che era così palese.

-Tu non ti rendi conto di quello che dici- disse con estrema serietà.

-Invece lo so benissimo- continuò Andrew con lo stesso tono appassionato. -E voglio subito chiarire che non sono assolutamente pentito di quanto è accaduto oggi, se vuoi saperlo, perché farei qualunque cosa per lei, qualunque!-

Chinò il capo, e un'ombra cupa gli oscurò il volto.

-Quando ho creduto che quel... quel disgraziato stesse per ucciderla, il mio cuore ha cessato di battere. E' durato per un minuto, il minuto più lungo della mia vita! Oh, Celeste! Se lei fosse morta...! Ho visto morire così tante persone, spesso di morte violenta, e a volte è stato davvero straziante. Ma mai, MAI mi sono sentito così male! Era come se stessi morendo anch'io!-

-Zitto!- lo implorò Celeste, coprendosi le orecchie con le mani. -Non le voglio sentire, queste cose. Mi ero imposta di tenerti d'occhio, e invece guarda cos'è successo!-

-E' successo semplicemente che sono innamorato- insistette Andrew. Finalmente poteva ripeterlo quanto gli pareva. -E ho provato cosa vuol dire essere amato a mia volta. Non come creatura, né come messaggero di qualcuno più in Alto. Semplicemente, amato in quanto me stesso-

-Lassù la prenderanno molto male- lo redarguì Celeste. -Ti vogliono vedere. Adesso!-

Andrew chiuse gli occhi e trasse un profondo respiro.

Infilò una mano fra i bottoni allentati del colletto della camicia, cercando al tatto il pendente a forma di "M" e poi lo nascose di nuovo, lasciandolo ricadere oscillante contro il proprio petto.

Poi riaprì gli occhi e guardò Celeste con determinazione.

-Sono pronto!- esclamò.

- Ma ho un grosso favore da chiederti, prima di andare - aggiunse.

II

Erano trascorsi due giorni senza che Rea avesse notizie di Andrew, ma a lei parvero anni interi.

Si trascinava per la casa come uno zombie, non apriva bocca se non era strettamente necessario e continuava a leggere e rileggere l'incisione sul braccialetto.

All'inizio le amiche pensarono che fosse per lo shock di quanto era accaduto. Sui giornali l'omicidio di Sandra e il tentato assassinio di Rea tenevano banco da giorni, tanto che le loro abitazioni erano divenute meta di pellegrinaggio di tutti i curiosi della città. Un giornalista aveva persino telefonato per chiederle un'intervista.

Rea era stata costretta a recarsi nuovamente al Distretto di Polizia per essere interrogata, e si rivelò una faccenda davvero estenuante, nonché sgradevole.

Il detective incaricato delle indagini lesse e rilesse la sua deposizione e quella di Jenny almeno un milione di volte, sollevando continuamente lo sguardo con vivo stupore, per fissarla in volto.

-Ci sono dei fatti che non mi risultano chiari- commentò, aggrottando le sopracciglia fin troppo ben curate.

Era uno di quei tipi che chiamano *metrosessuali*, ovvero, come li definisce il dizionario: " *uomini eterosessuali, residenti in aree metropolitane, che praticano l'abbronzatura artificiale, la depilazione del corpo e altri trattamenti estetici*", cioè il tipo di uomo che Rea non riusciva proprio a sopportare.

Se lo stava giusto immaginando intento a farsi una lampada dall'estetista, mentre quel Victor O'Grady, il suo aggressore, cercava di assassinarla brutalmente in casa sua.

-E' scritto tutto lì- rispose irritata Rea, tenendo le braccia incrociate e le gambe accavallate, in un tipico atteggiamentodi difesa.

Ma il detective non pareva soddisfatto.

-O'Grady ci ha raccontato una storia che sembra uscita da una puntata di "*Ai confini della realtà*"- disse, sorseggiando la millesima tazza di caffé della giornata.

Rea invece era assetata, digiuna ed esausta, nonché vivamente preoccupata per Andrew, perciò reagì con un accesso di aggressività, balzando in piedi e picchiando i pugni sulla scrivania del detective Miller (così diceva il nome sulla targhetta), facendo sobbalzare tutto ciò che vi si trovava sopra.

-Quell'uomo è uno psicopatico!- gridò. -E se lei si fosse preoccupato di mantenere degli agenti di guardia alle nostre abitazioni, invece di andare a farsi fare la manicure, forse domani mattina non mi toccherebbe andare al funerale di una donna che neanche conoscevo! E avrebbe potuto esserci un doppio funerale, se non fosse stato per...-

S'interruppe.

-...per il mio Angelo Custode- concluse infine.

Il detective Miller era forse vanesio, ma non insensibile.

-Mi sembra che lei sia ancora sotto schock, Miss Taylor- disse con tutta la calma di cui era capace.-Forse è meglio che discutiamo in un altro momento dei punti non chiari della sua deposizione.Vuole che la faccia riaccompagnare a casa da un agente?-

-No, grazie- rifiutò Rea.-Prenderò un taxi- e così dicendo s'infilò la sua giacca di pelle nera e finalmente poté uscire da quell'ufficio.

Quando rincasò, Rossella le corse incontro ad abbracciarla, stordendola con il suo chiacchiericcio simile al ronzìo di un'intera arnia di api.

-Rea, sei tornata!- esclamò buttandole le braccia al collo. -Tutto il vicinato parla di quel...quel Victor. E di te, naturalmente! Jenny è sconvolta, letteralmente! Dice che è tutta colpa sua, perché aveva dimenticato la sua valigetta ed è dovuta tornare a prenderla e ...beh, lo sai-

Non era come abbracciare Andrew, ma Rea era così bisognosa di conforto che l'affetto sincero dell'amica la fece sentire un po' meglio.

-Vieni a sederti di là- disse Rossella, prendendola per mano come se fosse stata una bambina. -Ci sono novità!- aggiunse con fare cospiratorio e i suoi occhi ebbero un guizzo malizioso.

-Per quanto mi riguarda, ce ne sono state fin troppe!- replicò Rea, lasciandole la mano.-Voglio andare di sopra a stendermi e a stordirmi con gli *AcDc* !-

-Sto parlando di quell'Andrew, il nostro ex vicino di casa!- insistette l'altra in preda alla frenesia.

Rea aveva appena tolto la giacca e l'aveva appesa alla rastrelliera, quando si voltò di scatto.

-Che cosa hai detto?!?- scattò come una molla. -Come sarebbe a dire, "ex"?!?-

Rossella si pentì di essere stata così insensibile, ma ormai era tardi per mordersi la lingua. Era così ansiosa di travasare nelle orecchie altrui la sua cascata di pettegolezzi, che non aveva meditato che le sue parole avrebbero potuto colpire Rea al cuore come una freccia avvelenata.

-Tesoro, lo so che avevi una cotta per lui, l'avevo capito - cercò di rimediare con fare compassionevole.- Ma era un tipo così strano! Adesso pare che se ne sia andato, perché c'è una donna che si vede continuamente entrare ed uscire ...Rea, ma dove stai andando?!?-

Rea si era immediatamente precipitata fuori dalla porta, completamente dimentica della stanchezza.

-Rimettiti almeno la giacca!- la implorò l'amica, ma era del tutto inutile.

Gli occhi di Rea si erano di colpo accesi d'ira e il suo passo era rapido come i suoi pensieri. Indossava soltanto una canottiera, ma era insensibile alla brezza che le fendeva la pelle nuda.

Fuori era buio, ma nella casa accanto, dove stava dirigendosi, le luci erano visibilmente accese.

-Dov'è!- urlò spalancando la porta, che non era chiusa a chiave.

Sembrava che Celeste la stesse aspettando, perché era seduta comodamente in poltrona, e non un solo muscolo del suo viso si alterò nel vederla varcare la soglia come un uragano.

-Sei un po' agitata- si limitò ad osservare.

-Agitata?- ripeté Rea.-Io sono furiosa!-. Sbatté violentemente la porta alle proprie spalle e il rimbombo fece tremare le pareti.

-Hey, diamoci una calmata!- la riprese Celeste alzandosi in piedi.- So che hai avuto delle giornate piuttosto "intense", se così si può dire, ma non è una scusa per essere maleducati!-

Rea cercò di controllarsi esteriormente, ma non poteva impedire all'incendio che divampava dentro di lei di mostrarsi attraverso i suoi occhi, le finestre della sua anima, né ai suoi pugni di chiudersi in un gesto di rabbia.

Celeste aspettò pazientemente che l'ira compisse il suo decorso. Quando le sembrò che Rea fosse in grado di affrontare una conversazione, la invitò a sedersi di fronte a lei.

-Preferisco restare in piedi- rispose secca Rea.-Dov'è Andrew? Perché non è più qui?!?-

Celeste scrutò attentamente Rea negli occhi.-Non so se ti rendi conto della gravità delle azioni compiute da Andrew negli ultimi giorni...-

-L'ha fatto per me!- gridò la ragazza disperata. -Dovete punire me, non lui!-

Con un gesto della mano, Celeste la interruppe. -Avete tutti e due lo stesso vizio, quello di non farmi finire di parlare. Andrew sapeva perfettamente quello a cui andava incontro, agendo di testa sua. Ma ha scelto liberamente di contravvenire alle regole. E non mostra alcun segno di pentimento. La sua condotta va esaminata attentamente, come pure le sue motivazioni. Lui sostiene di essersi comportato così perché... perché è convinto di essere innamorato di te!-

L'Angelo studiò attentamente la reazione della ragazza alle sue parole.

Rea si coprì gli occhi con le mani, disperata. -Oh, no! Non lo rivedrò mai più, Dio mio!-

-Mi sembra un ottimo momento, per invocare il Signore- convenne Celeste con un tono di voce leggermente più soffice. -Andrew, comunque, mi ha detto che anche tu sei convinta di essere innamorata di lui...-

-Io non sono "convinta" di un bel niente. Io so per certo che amo Andrew!- scattò Rea con impeto, togliendosi le mani dal viso e sfidando con lo sguardo l' Angelo a contraddirla. -Lo amo più della mia stessa vita!- aggiunse, e Celeste riconobbe in lei il medesimo ardore che aveva Andrew quando aveva pronunciato quelle stesse parole.

Si avvicinò alla ragazza, visibilmente sconvolta, e, per la prima volta da quando la conosceva, le posò una mano sulla spalla. Rea rimase stupita da quel gesto e la guardò con gli occhi sgranati.

Celeste le sorrise in modo enigmatico e poi tolse la mano.

-Prima di essere "richiamato", Andrew mi ha chiesto un favore- disse lentamente, quasi sillabando. -Voleva che ti consegnassi un suo messaggio-

-Un... messaggio?- ripeté Rea sconvolta. -Se ha voluto lasciarmi un messaggio...Allora, doveva essere sicuro che non ci saremmo più rivisti! Non posso neanche pensare di non rivederlo mai più!-

Si lasciò cadere sulla stessa poltrona che aveva rifiutato poco prima, con lo sguardo perso nel vuoto e le mani che tremavano per l'angoscia.

-Lo vuoi leggere, questo benedetto messaggio, oppure no?- domandò Celeste, leggermente spazientita.

Rea annuì col capo.

Come per magia, una lettera piegata in due apparve in mano a Celeste. Rea vi si avventò sopra come un'assetata cui avessero mostrato una borraccia colma d'acqua. Quando ebbe il foglio in mano, provò un brivido. La carta era perfettamente liscia, a parte la piega nel mezzo, come se non fosse quasi stata toccata. Segno evidente che doveva essere stata trattata con cura dall'ambasciatrice che Andrew aveva designato per recapitarle il suo messaggio.

Le mani di Rea tremavano ancora, mentre la apriva per leggerne il contenuto:

"*Mia adorata Rea,*

voglio che tu ti imprima bene nella mente che mai e poi mai penserò al mio amore per te come qualcosa da rinnegare, qualcosa per cui io debba essere biasimato!
E, anche se non mi permetteranno più di starti accanto, io continuerò ad amarti per il resto della mia vita,
che sarà insopportabilmente lunga e dolorosa, senza di te.
Ma io continuerò comunque ad andare avanti, e tu dovrai fare lo stesso, amore mio. Devi assolutamente
promettermelo! Che altro posso dirti?
Che dovunque mi troverò, puoi stare certa che tu sarai nei miei pensieri, sempre, continuamente.

Con tutto il mio amore, A."

Mentre leggeva, Rea si era immaginata nella sua mente che ci fosse Andrew lì con lei. Poteva perfino sentire che le prendeva il viso fra le mani, vedersi riflessa nei suoi dolcissimi occhi verdi che la fissavano intensamente. E sentire distintamente la sua voce, tremante per l'emozione, che le diceva tutte quelle cose che le avevano trafitto il cuore come pezzi di vetro taglienti, perché erano il preludio di una separazione senza fine.
Ripiegò di nuovo il foglio in due, ma non voleva metterlo in tasca per non spiegazzarlo. Voleva che restasse così: puro e immacolato, come le era stato consegnato da Celeste. Alla fine, si risolse di tenerlo in una mano. Con l'altra si aiutò a rialzarsi in piedi.
Era arrivata al limite: sentiva di stare per crollare, in tutti i sensi. Infatti, non appena si fu rialzata, ebbe la sensazione che la stanza

stesse volteggiando, e dovette appoggiarsi con la mano libera allo schienale della poltrona per evitare di cadere lunga distesa.

Celeste si mosse in suo soccorso, ma Rea la allontanò con un gesto brusco della mano.

-Sto bene- mentì. -Ho solo bisogno di dormire-

-Sei sicura di non volere qualcosa da bere?- insistette Celeste, scrutandola con apprensione.

Rea non rispose. Si limitò a sospirare, mentre gli occhi le si appannavano.

-Non ti metterai mica a piangere, adesso!- esclamò Celeste, ansiosa. Si chiese se avesse fatto bene a darle quella lettera. Ovviamente non l'aveva letta, perché considerava una profanazione violare la privacy altrui, ma poteva ben immaginare cosa vi fosse scritto.

-Io non piango mai- replicò la ragazza, con orgoglio.

Si incamminò verso l'uscita a testa alta, a riprova della propria affermazione, ma dentro si sentiva come se il sangue le si fosse ghiacciato nelle vene.

Teneva in mano la sua preziosa lettera come se fosse stata la reliquia di un Santo. Sostò un secondo sulla soglia, senza voltarsi, e non seppe nemmeno lei da dove le uscì la voce per parlare.

-Grazie del messaggio- disse con voce àtona.

-Ne ho un altro, in verità- disse a sua volta Celeste. - Non di Andrew, però. Devi sapere che non c'è solo lui che pensa a te continuamente, ma anche Dio! E, se glielo chiedi, il Signore ti darà la forza di superare ogni difficoltà-

Rea non aveva nessuna voglia di parlare di Dio in quel momento: anzi, era arrabbiata con Lui, perché le aveva portato via il suo amore!

Uscì, richiudendosi la porta alle spalle, e si ritrovò da sola ad affrontare il buio e il freddo. Mentre camminava verso casa, si strinse la lettera di Andrew contro il petto e, improvvisamente, prese a singhiozzare.

-Ho detto che non voglio piangere! Maledette, maledette lacrime!- inveì sottovoce.

Celeste, che la stava osservando dalla finestra, scosse il capo tristemente e si domandò dove si trovasse Andrew in quel momento.

-Padre, aiutali tutti e due a trovare la strada giusta- pregò.

CAPITOLO XIII

"La disperazione di Morea"

Rea era sgattaiolata in casa come una ladra, accostando la porta d'ingresso piano piano, per non essere udita dalle sue coinquiline. Non voleva che la sorprendessero ridotta così: con gli occhi rossi e le guance bagnate dalle lacrime.

Entrando, aveva intravisto il proprio volto riflesso nello specchio appeso nell'atrio, ed era rimasta così disgustata da se stessa che avrebbe voluto coprire tutti gli specchi di casa, così da non dover subire l'ulteriore supplizio di intravedere la propria figura squassata dal dolore e dalle lacrime.

Udiva le voci delle sue amiche che discorrevano in salotto e, da alcuni stralci di conversazione, intuì che stavano parlando di lei.

-Ma dove può essere andata, a quest'ora?- aveva domandato la voce di Cristina.

Rea si tolse le scarpe per non fare rumore e salì scalza le scale con un groppo alla gola, ansimando sotto la spinta dei singhiozzi che le comprimevano il petto. Entrò in camera propria senza nemmeno accendere la luce, e vi si barricò come in una cripta.

Non appena fu certa di essere sola, i freni inibitori caddero come catene spezzate, liberando completamente tutta la sua disperazione. Si accasciò per terra come una marionetta alla quale avessero reciso i fili, con la schiena contro la ruvida porta di legno e, per la prima volta in vita sua, lasciò che le lacrime le sgorgassero dagli occhi senza nemmeno provare a combatterle.

Affondò il viso fra le braccia conserte, nascondendolo persino alla luce della luna, con la lettera di Andrew che le penzolava da una mano, e prese a singhiozzare senza provare più alcun ritegno.

-Dio! Dio!- invocò, con una voce che non sembrava più la sua. -Se sei qui, devi ascoltarmi! Come hai potuto portarmelo via! Come può l'amore essere considerata una colpa?!? Come farò, come potrò continuare a vivere!-

Rimase così accasciata per un tempo infinitamente lungo, tanto che i suoi occhi, sebbene la vista fosse offuscata dal fitto velo del pianto, si erano ormai avvezzi all'oscurità e riuscivano a distinguere i contorni dei mobili.

Avrebbe voluto leggere di nuovo la lettera di Andrew, ma non voleva rischiare di bagnarla con le proprie lacrime e perciò decise di metterla al sicuro in un cassetto della sua scrivania.

Poi venne colta da un accesso di collera, e cominciò a misurare a grandi passi il perimetro della stanza, come una tigre rinchiusa in una gabbia.

Intanto si massaggiava le tempie con le dita, perché un dolore insopportabile si stava irradiando a tutta la testa. Ogni pensiero era come un chiodo che le veniva piantato nel cranio a colpi di martello.

Andare avanti, andare avanti: questo voleva Andrew da lei! Ma poteva continuare a vivere, dopo che le avevano strappato il cuore dal petto?!?

-Oddio, la mia povera testa!- si lamentò.

C'erano delle medicine nel bagno: Jenny era a dir poco ipocondriaca e aveva sicuramente un rifornimento di pillole e compresse di ogni tipo. Rea non era avvezza ad assumere farmaci con facilità, ma non riusciva più a tollerare quella tortura.

Uscì sul ballatoio e camminò barcollando fino alla porta del bagno, sostenendosi con le mani la testa, pesante come un macigno. Non appena fu entrata nel bagno, si mise a frugare nei cassetti, disdegnando lo specchio che sormontava il lavandino. L'avrebbe distrutto in tante piccole scheggie di vetro, se avesse potuto.

Finalmente trovò la scatola contenente l' "Excedrin" e ne inghiottì subito una compressa, aiutandosi a mandarla giù con la saliva. Entro pochi minuti, l'atroce tormento che le dilaniava la testa si sarebbe attenuato.

Ma non sarebbe stato altrettanto per il tormento che le dilaniava lo spirito. Non esistevano medicine, per quel genere di sofferenza. Oppure sì, invece?

Lo sguardo le era caduto sulla boccetta dei sonniferi, quella che Jenny si era fatta prescrivere dal medico perché non riusciva più a dormire, dopo quello che era accaduto con O'Grady.

Rea si sentiva stordita, incapace di ragionare lucidamente. Nella sua mente, ottenebrata dalla sofferenza sia fisica che spirituale, si era insinuato come un serpente strisciante un terribile pensiero.

Prese fra le mani la boccetta e svitò il tappo: il contenitore era saturo di tante minuscole compresse, bianche come perle. Rea ne era irresistibilmente attratta.

Sembrava che vi fosse attaccato un biglietto con scritto "Mangiami!", come sul fungo nella favola di "Alice nel paese delle meraviglie".

Andrew era l'Angelo della Morte, no? Se avesse assunto il giusto quantitativo di sonniferi, forse sarebbero stati costretti a inviarlo da lei e così avrebbe potuto finalmente rivederlo!

Lentamente, fece scivolare le compresse sul palmo, contandole.

-Davvero pensi di poter sistemare le cose, in questo modo?-

Una voce alle sue spalle la fece trasalire. Era una voce che le sembrava di conoscere, ma non ne era certa. Era tutto tremendamente confuso, come in un sogno.

-Non voglio suicidarmi- disse Rea, parlando a voce alta. -Voglio solo che lui torni da me-

-Tu sei disperata e non ti rendi conto di cosa stai facendo- insistette la voce. -Svegliati, Morea! Guardati allo specchio!-

Rea sollevò lo sguardo fino ad incontrare la propria immagine e vide una figura pallida come un cadavere, con gli occhi gonfi, che reggeva nella mano delle compresse.

-Oh, Dio onnipotente!- esclamò, spalancando gli occhi esterrefatta. -Non sono io! Non posso essere io!-

Fu come se si fosse bruscamente risvegliata da un sogno ad occhi aperti. Fece scivolare di nuovo tutte le pillole nel contenitore e lo richiuse per bene, ricacciandolo nel cassetto. Poi si voltò, ma non c'era che lei nel bagno.

Eppure aveva sentito distintamente una voce, che l'aveva ricondotta alla ragione!

Provò una grande vergogna per ciò che era stata sul punto di fare. Andrew non sarebbe stato affatto contento di lei, sapendo che si era lasciata sopraffare dalla disperazione.

Si lavò il viso con l'acqua gelida, e subito avvertì un senso di sollievo. Anche il mal di testa si era placato.

Tornò in camera sua e si riappropriò della lettera di Andrew, che lesse e rilesse sotto la luce dell'abat-jour, finché non ebbe imparato a memoria ogni virgola.

Mentre studiava per l'ennesima volta la calligrafia raffinata ed elegante, sentiva le palpebre farsi sempre più pesanti.

"*Dovunque mi troverò, puoi stare certa che tu sarai nei miei pensieri, sempre, continuamente*".

Sbatté le ciglia più volte, arrendendosi lentamente alla spossatezza, che stava avendo la meglio su di lei.

-Anch'io ti penso continuamente, Andrew- mormorò Rea sfiorandosi le labbra, immaginando di posarle ancora una volta su quelle di lui.

Allungò una mano e spense l'abat-jour.

-E se il tuo desiderio è che io continui ad andare avanti, ti prometto che ci proverò- affermò sbadigliando.

Dopodiché, cadde addormentata.

CAPITOLO XIV

"La separazione"

I

Il mattino seguente, un violento raggio di luce s'insinuò nella stanza e bussò ripetutamente sulle palpebre sigillate di Morea.

Con un gesto involontario del braccio, la ragazza cercò di schermirsi dall'insistenza del raggio, per ritagliarsi ancora un istante di sonno. La sua mente si trovava, infatti, in una specie di limbo, nel quale Rea era consapevole di stare vivendo un sogno, ma vi si aggrappava disperatamente perché non era ancora pronta a lasciarlo andare.

Nel sogno, Andrew era tornato da lei. Il suo volto non era un'immagine confusa, ma nitida e precisa e Rea sentiva il calore delle sue braccia che la circondavano.

"Ho creduto di impazzire, quando credevo che non ti avrei più rivisto!" esclamò stringendosi forte a lui. "E ho fatto delle cose... cose di cui mi vergogno molto!"

"Ma adesso è tutto finito" la rassicurò la voce di Andrew.

Ma, proprio in quel momento, la sveglia la aggredì col suo trillo fastidioso, come un moscone che le girasse intorno, e di colpo Andrew scomparve.

Rea allungò svogliatamente una mano e spense la sveglia, così come avrebbe schiacciato il moscone impertinente.

Quando infine si decise ad aprire gli occhi, si ritrovò in un universo dove Andrew non era accanto a lei e tutte le orribili reminiscenze della nottata precedente cominciarono a riaffiorare.

Rivide, come in una folgorazione, la propria immagine riflessa nello specchio del bagno e provò un profondo disprezzo per se stessa. Cosa avrebbe pensato il suo adorato Angelo, se fosse venuto a conoscenza della sua debolezza?

Si mise a sedere sul letto, stiracchiandosi e sbadigliando, e si accorse di avere ancora addosso i vestiti del giorno prima, solo un po' più spiegazzati.

La lettera di Andrew era finita sul pavimento e Rea si affrettò a raccoglierla come avrebbe fatto con un uccellino caduto dal nido e la ripose al sicuro nel cassetto della scrivania. Poi guardò l'ora: le otto e mezzo.

"Perché diamine ho puntato la sveglia così presto, accidenti a me!" si maledisse, ma poi si batté una mano sulla fronte.

-Il funerale, maledizione!- imprecò a voce alta.

Si era ripromessa di presenziare al funerale di Sandra, la donna della quale era stata lì lì per condividere il tragico destino. Ma aveva davvero intenzione di andarci?

In fondo, tentò di convincersi, non si conoscevano affatto e nessuno avrebbe notato se Rea fosse stata presente alla cerimonia oppure no.

-Ma io lo saprò- si disse rassegnata. Aveva la netta sensazione che fosse molto importante per lei recarsi lì, anche se non ne comprendeva ancora la ragione.

Scese dal letto e si mise a frugare nell'armadio, in cerca di qualcosa di adatto. Alla fine optò per un impeccabile tailleur nero. Dopo essersi vestita, si sedette di fronte alla specchiera per pettinarsi e constatò a malincuore che il completo nero si adattava fin troppo bene al suo volto appassito.

Rimase interdetta a fissarsi, reggendo la spazzola immobile a mezz'aria: il suo viso non somigliava più a quello che Andrew usava contemplare estasiato. Gli occhi avevano perso tutta la loro lucentezza, divenendo simili a due enormi buchi neri; la pelle ambrata era impallidita e dalle labbra sembrava fosse stato risucchiato via tutto il colorito roseo.

-Sembro la moglie di Dracula!- esclamò con una smorfia.

Su un lato del viso si notava ancora il livido lasciatole dal pugno di O'Grady, che Rea cercò di nascondere applicandovi del fondotinta.

Poi si raccolse i capelli, sfiorò il braccialetto d'argento con un sospiro e finalmente fu pronta per scendere di sotto.

Non appena ebbe varcato la soglia della cucina, trovò Celeste ad accoglierla, con un ampio sorriso che metteva bene in risalto la sua dentatura perfetta.

-Non è stato così difficile, alla fine. Non è vero?- disse.

Era seduta al tavolo della colazione, su uno degli sgabelli di legno, ma non sembrava essere troppo comoda. Si muoveva in continuazione e sembrava sul punto di scivolare, ma cercò di non darlo a vedere.

Rea non sembrava affatto sorpresa di trovarla lì.

Le si sedette di fronte, appoggiando i gomiti sul tavolo, e la fissò intensamente.

-Eri tu, ieri notte nel bagno!- esclamò. -Era la tua voce, che ho sentito...!-

-Sono stata inviata per tenerti d'occhio- ammise Celeste. -E sono davvero molto contenta di vederti in piedi, oggi, anche se hai l'aspetto di una che non dorme da secoli!-

Rea si protese verso di lei, come se temesse che qualcuno potesse udirla. -Non è che per caso hai notizie di...-

Celeste scosse tristemente il capo.

-No, non so niente di Andrew, bambina- rispose pensierosa. -E ti assicuro che lo vorrei tanto. Davvero tanto!-

Rea prese a giocherellare nervosamente col suo braccialetto.

Celeste non dubitava affatto che la ragazza che le sedeva di fronte provasse un sincero affetto per Andrew: bastava guardarla, per rendersi conto di quello che provava. Ma era anche convinta che, col passare del tempo, la smania che la divorava dentro si sarebbe a poco a poco attenuata. Non s'illudeva che la strada che Rea doveva percorrere non sarebbe stata lunga e tortuosa, ma era certa che, alla fine, il ricordo del suo amore ultraterreno sarebbe sbiadito, grazie anche all'aiuto del tempo e della lontananza.

-Tu sei convinta che lo dimenticherò- la accusò Rea indignata, alzandosi in piedi. -Beh, scordatelo, perché non succederà mai! Io lo amerò per sempre!-

-"Sempre" è un tempo molto lungo, bambina- le fece notare l'Angelo.

-Lui sarà sempre nel mio cuore ed io nel suo- insistette Rea. Poi diede una scorsa all'orologio da polso e prese la borsetta.

-Purtroppo devo proprio andare- disse e Celeste intuì immediatamente che il "purtroppo" era riferito al fatto di dover andare, non certo al dispiacere di lasciare lei.

-Non mangi niente?- le chiese.

-Non mi andrebbe giù- rispose Rea. -E poi, non voglio fare tardi-
Uscì sbattendo la porta.

Un attimo dopo, Celeste ricevette una convocazione celeste: il destino di Andrew e di Morea era stato stabilito.

CAPITOLO XV

"Il ritorno di Andrew"

Andrew non aveva la minima idea di quanto tempo fosse trascorso sulla Terra da quando era stato "richiamato": per quanto ne sapeva, avrebbe potuto trattarsi di un'ora come di un anno intero, poiché il concetto umano di tempo non esisteva *Là* dove si era recato.

Tuttavia, per tutta la durata della sua permanenza a *Casa* (perché la considerava ancora casa sua), non aveva smesso un istante di pensare a colei che aveva abbandonata, tutta sola, laggiù sulla Terra.

Doveva essere stato un duro colpo per Rea scoprire che lui era scomparso così, in uno schioccare di dita, completamente ignara riguardo a quando (ma soprattutto a SE) lo avrebbe mai più rivisto.

Andrew aveva sperato ardentemente che Celeste avesse mantenuto la sua promessa, consegnandole il suo biglietto, anche se, in verità, si rendeva perfettamente conto che non poteva essere di grande conforto per la ragazza.

In effetti, quando l'aveva scritto, l'unica cosa cosa che si sentiva in grado di promettere a Rea era che nessuno, mai e poi mai, avrebbe potuto strapparla dalla sua mente e dal suo cuore, perché l'amore che provava per lei gli aveva lasciato un marchio indelebile, che bruciava come se fosse stato inciso col fuoco arroventato.

Per quanto riguardava tutto il resto, non era in suo potere fare previsioni.

Inoltre era consapevole di doversi preoccupare anche per se stesso, oltre che per lei: sapeva che tutte le sue azioni e le relative motivazioni sarebbero state passate al vaglio, per stabilire se fosse ancora possibile per lui essere un degno Messaggero dell' Onnipotente.

L'attesa era stata indicibilmente lunga e snervante, ma adesso era tutto finito. All'Angelo era stato concesso di ritornare a svolgere i suoi incarichi sulla Terra, ma seguendo delle regole ben precise: NON doveva MAI PIU' avere contatti con Morea; NON gli era consentito avvicinarla, parlarle, apparirle in sogno; NON gli era permesso nemmeno sorvegliarla da lontano.

Una volta ritornato nel mondo dei mortali Andrew aveva cercato rifugio, esausto, in uno dei posti che amava di più, ed ora vagabondava immerso in una splendida radura illuminata da un sole accecante, ma il suo capo era chino e il suo sguardo ombroso.

Non apriva bocca, tranne che per sospirare di tanto in tanto, e non desiderava la compagnia di nessuno.

C'era stato un tempo, non ricordava più nemmeno quando, in cui si recava in quel luogo per contemplare la bellezza del Creato: si sedeva fra l'erba e osservava le api ronzare e posarsi sui fiori, le farfalle dai mille colori brillare nella luce, gli uccelli rincorrersi nel cielo azzurro e si stupiva di quanto fosse incredibile ciò che il Padre era stato in grado di concepire.

Ma ora sembrava completamente indifferente a tutte queste cose, che non gli davano più piacere alcun.

L'unica cosa che gli appariva, dovunque posasse lo sguardo, era sempre e soltanto *lei*, ogni singolo istante!

Rivedeva di fronte a sé l'immagine dei suoi occhi neri, della sua pelle chiara, del suo naso sottile. La famosa piccola ruga che le si disegnava fra le spracciglia quando era seccata.

Ricordava com'era insinuare le dita fra le ciocche dei suoi lunghissimi capelli neri.   Sentiva sulle labbra il sapore delle sue.

Rammentava com'era stato sfiorarle la prima volta, la sensazione sconosciuta che gli aveva procurato: il cuore che batteva più forte, il respiro che si faceva affannoso, il calore...!

Quei ricordi costituivano per Andrew un tesoro prezioso, che non avrebbe mai accettato di barattare, neppure con la sua pace interiore. Ma erano anche una continua fonte di tormento.

Gli sembrava impossibile sopportare un secondo senza avere Rea accanto a sé e ora doveva prepararsi a trascorrere addirittura l'Eternità senza mai più rivederla!

I giorni, gli anni, i secoli... senza più poter sfiorare il suo viso, senza abbracciarla, senza parlarle.

Avrebbe voluto poterla stringere a sé un'ultima volta, ma era consapevole che poi non avrebbe più trovato la forza di lasciarla andare.

Portava sempre al collo la catenella che gli aveva regalato. La sentiva oscillare ad ogni suo movimento e ogni tanto prendeva in mano la "M" d'oro che luccicava sotto i raggi del sole e la contemplava con struggente malinconia.

Ora gli appariva lampante il significato della visione che aveva avuto: Rea che scompariva, l'opprimente senso di solitudine che aveva provato...

Si sedette fra l'erba, con la fronte increspata dai pensieri.

-Poteva andarti peggio- cercò di consolarlo Celeste.

Andrew non si era nemmeno accorto che fosse apparsa al suo fianco.

-Peggio?- ripeté l'Angelo con un sorriso sarcastico. -Scusa tanto, ma al momento mi riesce difficile immaginare qualcosa di... peggio!-

-Oh, esiste, invece! - s'incupì Celeste. -Come saprai- iniziò a raccontare,- molti secoli fa, vi furono degli angeli che osarono sfidare il Divieto del Padre e si congiunsero con delle donne mortali. Persino gli umani conoscono questa storia (che fra l'altro è citata nelle Sacre Scritture) e vi hanno ricamato sopra delle fantasie a dir poco incredibili. Come quella, ad esempio, che il Signore abbia punito quegli angeli incatenandoli in una grotta! -

Si interruppe, apparentemente per riprendere fiato, ma intanto studiava Andrew di sottecchi. Si compiacque nel constatare che la stava ascoltando attentamente.

-Il loro castigo fu mille volte peggiore!- riprese Celeste con enfasi. -Vennero allontanati dal cospetto di Dio senza possibilità di appello. E per chiunque, Angelo o mortale che sia, non esiste niente di più tremendo che essere allontanati da *Lui*! A te ha concesso il *Suo* perdono perché la tua colpa è stata lieve, in confronto alla loro, e Sa che rispetti ancora la Sua autorità, dal momento che hai acconsentito a rimetterti a un giudizio superiore al tuo e ad obbedire, per quanto possa esserti costato...-

-Tu non hai la minima idea di quanto mi è costato!- esplose Andrew in un gemito di dolore, che lasciò Celeste a fissarlo esterrefatta.

Poi Andrew si prese la testa fra le mani, cercando di soffocare la disperazione.

- Io non potrei MAI sopportare di essere allontanato dal Padre, e Gli sono grato di avermi concesso di continuare ad operare in Suo nome- disse poi.- Ma non riesco nemmeno a sopportare di essere allontanato da *lei*!- esclamò. - Da quando sono tornato, non faccio che sentire la sua voce continuamente, come se fosse dietro di me. Lo so che non è possibile che sia davvero lei, ma ogni volta non riesco a impedirmi di voltarmi. E ogni volta scopro che non c'è nessuno, a parte il fischio del vento, e mi chiedo se questo supplizio avrà mai una fine-

-Dio, aiutami!- sbottò Celeste.-Parli esattamente come lei!-

A quelle parole, Andrew sobbalzò:-Tu l'hai vista!- esclamò con foga. -Hai visto la *mia* Morea!-

Celeste si pentì amaramente di avere aperto bocca.

-Dimmi, le hai consegnato il mio messaggio?- insistette Andrew, in preda alla frenesia.

-Hai ascoltato la storia che ti ho appena raccontato?- lo rimbeccò Celeste, aggrottando le sopracciglia.- Sembrava di sì, un momento fa, ma non mi pare che tu l'abbia capita fino in fondo... E comunque, ti è stato proibito di avere contatti con lei- gli rammentò.

-Ma a te, a quanto pare, no- le fece notare l'amico. Poi, una folgorazione lo fece sussultare:-L'hanno affidata a te, adesso capisco!- esclamò.

Fissò Celeste con sguardo implorante.

-No e poi no!- replicò quest'ultima. -Non voglio averci niente a che fare! Perciò non chiedermi come sta o cose del genere, perché non uscirà più una sillaba da queste labbra!- e fece il gesto di chiudersi la bocca a chiave.

Stava per rialzarsi ed andarsene, ma Andrew l'afferrò per un braccio e la trattenne. -Ti prego, dimmi soltanto se sta bene!- la supplicò.

Celeste fece di tutto per sfuggire all'assedio di quegli occhi verdi, ma alla fine capitolò.

-E va bene!- cedette. -Se vuoi proprio saperlo, sopravvive. Ma ha una faccia...! Se guardassi te stesso in uno specchio, vedresti la stessa espressione che ha lei-

Andrew si lasciò cadere in mezzo all'erba, con le braccia aperte.

-Povero amore mio!- sussurrò. -Posso immaginare cosa provi! Se il tuo dolore è anche solo la metà del mio...!-

CAPITOLO XVI

"Il funerale"

I

Rea era ancora del tutto ignara di quanto era stato stabilito dall'Alto riguardo al proprio destino e a quello di Andrew, ma non si sentiva per niente ottimista al riguardo. Non aveva più l'auto, dopo che le era stata rubata, e dovette raggiungere la cattedrale in taxi.

"Santo Cielo, se vado avanti così pagherò la retta del college ai figli di tutti i taxisti della città!" pensò, dando un'occhiata al tassametro che correva fin troppo veloce.

Non ricordava di essere mai stata nella chiesa che la famiglia della sfortunata Sandra aveva scelto per le esequie (anche perché lei non frequentava chiese anglicane) ma, quando scorse l'enorme cattedrale dal finestrino, Rea sussultò per la sorpresa.

Si trattava nientemeno della stessa cattedrale dove l'aveva condotta il suo Angelo la prima volta che l'aveva salvata, quando si era "teletrasportato" con lei proprio in cima alla torre campanaria.

Mentre si avviava verso l'immensa entrata, assieme a molte altre persone in abito scuro, lo sguardo le volò inevitabilmente lassù, verso la sommità del campanile.

Un senso di invincibile angoscia si abbatté su di lei e, per poco, non la fece crollare a terra svenuta.

-Signorina, si sente bene?!?-

Un uomo era accorso presso di lei, allarmato, ma Rea lo respinse con un gesto della mano.

-Sto bene, grazie - rispose asciutta.

Era un tizio alto e magrissimo, coi capelli ricci e castani, e portava un paio di occhiali da vista così spessi che le pupille sembravano due minuscoli puntini neri.

-Sto bene, davvero!- lo rassicurò Rea, vedendolo poco convinto. - Ho avuto soltanto un capogiro, perché stamattina non ho fatto colazione- spiegò.

L'uomo le rivolse un'occhiata dubbiosa, come se avesse intuito che il malessere di Rea andava ben oltre l'aver saltato un pasto.

Poi, d'un tratto, il suo viso si illuminò.

-Mio Dio!- esclamò. -Ma lei è *quella* donna! Ho visto la sua foto sul giornale!-

Rea, al contrario, si rabbuiò: aveva sperato che nessuno la riconoscesse e la importunasse, visto che gli articoli che la riguardavano non erano certo apparsi sul "*Chronicle*", bensì su un quotidiano a bassa tiratura, ed anche i curiosi appostati di fronte a casa sua alla fine si erano stancati, trovandosi qualche altro modo di sprecare il loro tempo.

Si era anche messa gli occhiali scuri, per nascondere gli occhi, ma a quanto pare non era stato sufficiente.

-Io sono Jonathan Donahue- si presentò il tizio con gli occhiali spessi, tendendole la mano. -Ero il fratello di Sandra- aggiunse subito dopo e un'ombra gli oscurò il viso.

-Oh, mi dispiace, non ne avevo idea!- esclamò Rea, affrettandosi a stringergli la mano. - Io mi chiamo Morea Taylor, ma immagino che lo sappia già, visto che ha letto quegli articoli-

-In effetti, sì- ammise Mister Donahue.

Poi, improvvisamente, il suo viso si contrasse in un'espressione di violento odio.

-Spero che quell'animale frigga sulla sedia elettrica!- disse digrignando i denti.

Rea ne rimase molto colpita.

Ovviamente era comprensibile che il fratello di una donna assassinata desiderasse la morte del suo omicida; lei stessa, che avrebbe dovuto essere la sua seconda vittima, non gli augurava niente di meno della prigione a vita.

Quello che l'aveva impressionata era stata piuttosto l'improvvisa metamorfosi di Jonathan Donahue: lo aveva inquadrato come un individuo mite, con una stretta di mano alquanto flaccida. Ma, quando aveva pronunciato quell'augurio di morte, qualcosa di feroce era emerso dalle profondità del suo essere. Sulla sua faccia si leggeva chiaramente che, se la giuria si fosse mostrata troppo clemente, ci avrebbe pensato lui stesso a vendicarsi di Victor O'Grady e con sommo piacere.

Rea lo fissò interdetta: l'unica volta in cui aveva visto tanto odio negli occhi di qualcuno era stato proprio fissando O'Grady che la teneva inchiodata al pavimento, tentando di strangolarla. Il solo ricordo la fece rabbrividire e, inconsciamente, si tastò la carotide. In quel momento si rese conto del perché amava Andrew così tanto: lui era incapace di provare un sentimento simile, persino per qualcuno come O'Grady! Nemmeno fra un miliardo di anni avrebbe visto i suoi lineamenti angelici alterarsi in quel modo, perché lui era nato soltanto per amare.

-Mi scusi! Non avrei dovuto parlarne proprio a *lei*!-

Ora la voce di Jonathan Donahue era di nuovo premurosa e il suo aspetto mite.

Tuttavia c'era qualcosa in quell'uomo che a Rea non piaceva e desiderava fortemente allontanarsi da lui.

-Non si preoccupi- tagliò corto, ma Jonathan non sembrava intenzionato a farsi smarcare così facilmente.

-Vorrei assicurarmi che non le venga un altro mancamento- disse, porgendole cavallerescamente il braccio.

Rea non voleva offenderlo, vista la recente perdita che gli era occorsa, ma non aveva mai potuto soffrire l'idea della donna che necessita di essere sostenuta.

Inoltre il pensiero di dare il braccio a qualcuno che non fosse Andrew la faceva sentire a disagio, come se lo stesse tradendo.

-La ringrazio- rispose. -Lei è molto gentile, signor...-

-Mi chiami pure Jonathan-

-Lei è molto gentile, Jonathan...- riprese Rea. -Ma credo che attirerei troppo l'attenzione, se entrassi assieme a lei. Sa, magari ci sono altri che hanno visto la mia foto, e non vorrei che...-

-Ha ragione. Capisco perfettamente- rispose Jonathan.

Rea dovette ammettere che una qualità l'aveva: sapeva incassare i rifiuti con eleganza. Poi qualcuno lo chiamò a gran voce, probabilmente un altro congiunto, e Jonathan Donahue si congedò.

-Spero comunque che venga a salutarmi, alla fine della funzione- disse. Rea gli assicurò che lo avrebbe fatto sicuramente.

Quindi s'incamminò verso l'ampio portale, ma di colpo si arrestò. C'era una grande foto di Sandra, appesa fuori della cattedrale e sotto c'era scritto a grandi lettere "*Alexandra Donahue*".

"Alexandra ... !"

Quel nome evocò qualcosa nella mente di Rea, anche se lei non riusciva ancora a farsene un'idea chiara. "Dove ho già sentito questo nome?".

II

L'esterno della cattedrale aveva già notevolmente impressionato Morea, ma quando fu all'interno non seppe trattenere un gigantesco "OH!" di meraviglia, che le sfuggì dalle labbra.

La sua voce riecheggiò nell'edificio buio e solenne e alcune delle persone sedute più in fondo si voltarono a guardarla.

Lei non vi badò.

Si tolse gli occhiali da sole e rimase incantata, col naso all'insù, ad osservare la volta.

Non la stupiva affatto che quello fosse uno dei luoghi preferiti dal suo Andrew: era una vera opera d'arte, così solenne ed imponente.

Lo scalpiccìo dei suoi tacchi era amplificato a dismisura e Rea si affrettò a cercare un posto per sedersi, così da non disturbare la cerimonia.

C'era una panca quasi del tutto vuota, eccettuato un uomo raccolto in meditazione, e la ragazza vi si sedette. Faceva piuttosto freddo, all'interno, e Rea si strinse nella giacca del suo tailleur nero.

-Buongiorno, Miss Taylor!- bisbigliò una voce.

Rea si voltò di lato e scoprì, non senza stupore, che il suo vicino di posto altri non era che l'ispettore Miller. Ovviamente era impeccabile come sempre: sopracciglia depilate, sbarbato da meno di due ore; persino i vestiti sembravano appena acquistati e mai indossati prima.

Rea trovava che tutto ciò avesse del maniacale.

Tuttavia gli fece un cenno di saluto, abbastanza cordiale da non farla passare per maleducata e abbastanza distaccato da non stimolare alcuna conversazione.

Non aveva mai partecipato ad un funerale anglicano, prima di allora. Anzi, ora che ci rifletteva con attenzione, si rese conto con stupore di non avere mai partecipato a nessun funerale, dopo quello di sua sorella Sissy!

E anche quella volta, questo se lo ricordava fin troppo bene, l'avevano dovuta trascinare in Chiesa per i capelli.

Era stato Andrew a guarirla dal suo senso di colpa, quella notte in cui gli aveva confidato di avere visto un Angelo della Morte portare via lo spirito di sua sorella senza che lei avesse potuto fare niente per impedirlo.

Ricordò come le aveva accarezzato dolcemente i capelli, invitandola ad abbandonare finalmente il peso che le aveva gravato sul cuore per tutti quegli anni. Era merito suo se era riuscita ad essere lì ora, a rendere omaggio a Sandra.

Mentre il pastore leggeva un passo della Bibbia che trattava della Resurrezione, la mente di Rea viaggiò indietro nel tempo, riconducendola alla prima volta che aveva visto il suo Angelo. Si sentiva così sciocca ora a pensare al modo in cui si era comportata con lui, tentando di impedirgli di portare via quell'uomo...

Brian, le pareva che Andrew lo avesse chiamato così.

Dopo la lettura del pastore, alcune persone si avvicendarono al microfono che si trovava accanto all'altare per parlare di Sandra. Rea ovviamente non conosceva nessuno di loro, a parte Jonathan, ma rimase colpita da ciò che disse una ragazza coi capelli tagliati cortissimi, bionda e minuta.

Avvicinò la bocca al microfono e si schiarì la voce. Aveva una vocina flebile flebile e bisognava veramente impegnarsi nell'ascoltarla per non farsi sfuggire parte del suo discorso.

-Mi chiamo Amy Madigan e Sandra era mia cognata...- esordì.

All'inizio, Rea non le prestò maggiore attenzione di quanto avesse fatto con gli altri, ma poi qualcosa che la vocina di Amy disse la fece drizzare sulla panca, come se fosse stata seduta su un letto di spine, risvegliando i suoi sensi.

-Sandra era tutto per mio fratello Brian. Come molti dei presenti sapranno, lui è morto più di un mese fa, investito da un auto guidata da un ubriaco che poi è fuggito....-

Fu a questo punto che Rea si ridestò dal suo torpore e prese ad ascoltare interessata.

Intanto faceva i conti: più di un mese prima, cioè più o meno quando si era incontrata (o scontrata, piuttosto) con Andrew la prima volta.

E l'uomo che era stato investito quel giorno da un pirata della strada si chiamava proprio Brian, adesso ne era sicurissima!

CAPITOLO XVII

"La voce di Morea"

Celeste si rifiutò di rivelargli ulteriori dettagli sulle condizioni di Rea e pertanto Andrew si risolse a cercare rifugio in cima alla torre campanaria della sua amata cattedrale.

Questo fatto non suscitò in Celeste alcuna preoccupazione, perché ancora non ne aveva colto la portata, ma in seguito si sarebbe divorata le unghie della sua forma umana per non aver compreso subito ciò che stava per accadere.

L'aria si era fatta torrida e l'Angelo trascinò il suo involucro sudaticcio e stanco fino ad un caffé.

Appena ebbe messo piede all'interno, fu subito gratificata dal refrigerio del ventilatore appeso al soffitto, le cui pale ruotavano vorticosamente emettendo un lieve ronzio, simile al volo di una vespa.

L'uomo dietro al bancone, un omaccione grasso e rubicondo in maniche di camicia, stava servendo altri due clienti, ma le fece segno di averla notata.

Celeste raggiunse un tavolino e vi si accomodò, dando libero sfogo ai pensieri che si affollavano dentro la sua testa.

Vedere Andrew ridotto a quel modo, così afflitto e abbattuto, le aveva causato un profondo senso di colpa circa le sue responsabilità nell'intera vicenda.

Ora, ripercorrendo il sentiero a ritroso nella sua memoria, dovette riconoscere di essere stata negligente in maniera a dir poco imperdonabile.

Fin dalla prima volta che Andrew aveva messo piede in quella casa avevano cominciato a lampeggiare evidenti segnali di pericolo, come quando le aveva espresso il suo desiderio di abbandonare l'incarico.

"*Quella ragazza mi terrorizza!*" erano state le sue precise parole. Ed era stata proprio lei, Celeste, a rimproverarlo e a convincerlo a rimanere e lui aveva docilmente acconsentito. Cosa fosse successo dopo, solo Dio lo sapeva: non erano trascorse neanche ventiquattr'ore dal suo incontro con la sua nuova protetta che già si era verificato il primo episodio di "insubordinazione" da parte dell'Angelo, quando aveva salvato Rea dalla prima aggressione, affermando con tracotanza che "lo avrebbe rifatto altre cento volte!!!".

La fronte di Celeste si aggrottò: quella era stata la prima volta, da quando si conoscevano, che Andrew si era mostrato sgarbato nei suoi confronti e lei, invece di stizzirsi, avrebbe dovuto iniziare invece a preoccuparsi.

Rammentò di aver pensato che fosse il caso di tenerlo d'occhio, ma in realtà non aveva mai messo in pratica tale proponimento.

Mentre sorseggiava la sua limonata fresca, che il cameriere, un giovanotto magro e scattante, le aveva appena servito, Celeste si sarebbe flagellata per tutte le volte che aveva notato qualcosa d'insolito nel comportamento di Andrew o di Morea senza sollevare neppure un dito.

Come quella notte che aveva piovuto così forte, quando li aveva sorpresi insieme con quell'espressione di aperta colpevolezza sui loro volti. Non riusciva proprio a capacitarsi di come avesse potuto lasciar correre senza intervenire.

"La tentazione nasce dal desiderio" rifletté, "e di solito si desidera qualcosa che abbiamo costantemente sotto gli occhi!"

Andrew vedeva Rea praticamente ogni giorno, essendo il suo incarico: questo Celeste lo sapeva per certo e riteneva di non sbagliare immaginando che si fosse recato da lei anche in occasioni estranee al suo compito di guidarla.

Doveva essere stato allora che aveva avuto inizio il loro "idillio".

La sua logica era semplicissima: se lei avesse vigilato con più attenzione, Andrew non si sarebbe infatuato (perché di infatuazione si trattava, secondo Celeste) o innamorato (come continuava ad insistere lui) e ora né lui né Rea avrebbero dovuto subire il dolore della separazione.

Celeste era sempre stata rigida con gli altri, ma ancora di più con se stessa e non riusciva a darsi pace. La Bibbia era molto chiara in proposito:

"Se il tuo fratello pecca, va', riprendilo fra te e lui solo; se ti ascolterà, avrai riacquistato il tuo fratello" (Matteo,18:15).

Il problema era che, quando si era finalmente decisa a parlare con Andrew, lui si era già spinto ormai troppo oltre per riuscire a darle retta.

Giurò a se stessa che non avrebbe più commesso un simile errore, e chiese al Signore di perdonarla per la propria mancanza.

L'assalì il ricordo della notte precedente, quando era stata inviata da Rea e l'aveva trovata in lacrime nel bagno, con quei sonniferi in mano, e le si strinse il cuore.

"E' una ragazza terribilmente orgogliosa" pensò, continuando a sorseggiare dal bicchiere," ma non mi piace vedere nessuno stare così male. Altrimenti, che Angelo sarei? Oggi, quando è uscita per andare a quel funerale, aveva certe borse sotto gli occhi...!"

Funerale?!?

A quel pensiero, per poco la limonata non le andò di traverso.

Rea non le aveva detto dove si sarebbe svolta la cerimonia, ma un brutto presentimento si risvegliò agguerrito nella mente di Celeste. "No, non può essere!" si ripeteva. "Sarebbe una coincidenza davvero incredibile se... E io non credo nelle coincidenze!"

Ma non poteva correre rischi e in un battito di ciglia si ritrovò sulla torre campanaria della famosa cattedrale, proprio alle spalle di Andrew.

Chinato in avanti, con la schiena ricurva per appoggiarsi al parapetto, l'Angelo sembrava proprio una statua raffigurante Atlante, costretto da Zeus a reggere sulle sue spalle tutto il peso dell'intera volta celeste.

I suoi occhi erano velati da una tetra malinconia e, se si avvide della presenza di Celeste, non lo diede a vedere in alcun modo.

Lei gli si fece accanto, posandogli una mano sulla spalla.

-Oggi non hai niente di cui occuparti?- gli chiese.

-No, sembra che per oggi io mi sia guadagnato una vacanza-premio!- rispose lui, sarcastico.

Celeste ritrasse immediatamente la mano dalla spalla di Andrew, come se avesse ricevuto un morso, e si trattenne a stento dal rispondergli a tono.

Non era affatto giusto che riversasse la sua ostilità repressa su di lei e, in altre circostanze, l'avrebbe rimproverato a dovere, ma in quel momento la sua priorità assoluta era trascinarlo via di lì ad ogni costo.

I suoi sospetti circa il funerale erano divenuti una certezza quando, dalla postazione in cui si trovava, aveva scortola piccola folla di puntini scuri che usciva dalla chiesa.

Questa volta era determinata ad impedire che la storia si ripetesse.

-Ci dev'essere stato un funerale- osservò Andrew guardando verso il basso, completamente all'oscuro di quanto stava avvenendo.

"Dio, ti prego, fa' che non la veda!" pregava intanto Celeste. Doveva assolutamente escogitare qualcosa per convincerlo a seguirla.

-Questo posto è così deprimente!- esclamò. -E poi, con questo caldo, mi piacerebbe andare alla spiaggia. Perché non vieni a farmi compagnia?-

Ma Andrew declinò l'invito con un blando gesto della mano.

-A me piace stare qui- replicò. -C'è un bel panorama e tanto, tanto silenzio. Esattamente quello di cui ho bisogno-

Celeste ebbe l'impressione che la stesse gentilmente invitando a lasciarlo solo, ma finse di non avere colto il sottinteso.

-Per me, invece, l'aria che si respira sulla spiaggia ti farebbe bene- insistette.

-Scusami, ma non mi sento proprio dell'umore- le rispose Andrew, che per la verità cominciava un po' a scocciarsi di tutta quella smania con cui l'altro Angelo cercava di convincerlo a seguirlo.

-Ma tu vai pure- aggiunse.- A me non dispiace affatto restare qui, *da solo*, a riflettere-

Questa volta, il messaggio recondito non necessitava di una mente accademica per essere colto.

A questo punto Celeste giocò a malincuore l'unico asso che aveva a disposizione.

-Volevi che ti parlassi di ... lo sai, di chi. E va bene, andiamo da qualche altra parte e risponderò alle tue domande-

A quelle parole, Andrew si voltò di scatto e inarcò le sopracciglia, fissando l'altra con uno sguardo carico di sospetto.

-Prima hai detto che non volevi saperne niente e ora me la offri addirittura su un piatto d'argento! Che cosa mi stai nascondendo, Celeste? Che cosa c'è qui che io non devo vedere?-

Celeste si grattò nervosamente dietro la nuca, cercando di trovare una via di scampo.

Improvvisamente, vide Andrew trasalire e sbattere le palpebre incredulo, per poi vacillare come se fosse stato colpito da una fucilata.

All'inizio egli aveva ritenuto di essere vittima della solita allucinazione, che lo ingannava facendogli udire ossessivamente il suono della voce di Morea. Ma non dovette ascoltare troppo a lungo per convincersi che stavolta non si trattava di uno scherzo crudele della sua immaginazione.

Fu come se stesse ascoltando una melodia di cui riconosceva ogni singola nota, ogni più piccola pausa, ogni minuscola variazione. Una melodia sublime e straziante al tempo stesso.

Certo, era lontana e gli giungeva a stralci, ma ormai non poteva più nutrire alcun dubbio.

Spalancò gli occhi e con un rapido scatto si scagliò contro il parapetto, aggrappandovisi, e si sporse in avanti così tanto da rischiare di schiantarsi di sotto (anche se ciò costituiva l'ultimo dei suoi problemi, essendo un Angelo).

Dietro di lui sentiva Celeste che lo richiamava indietro, ma non gli importava.

In quel momento c'era un solo concetto che il suo cervello riusciva ad elaborare: la sua Rea era laggiù, da qualche parte, ed era veramente troppo pretendere da lui che la lasciasse andare via così!

Ma, per quanto si sforzasse febbrilmente, non riusciva a distinguerla dall'altezza alla quale si trovava.

-Amore mio, dove sei? Dove sei?- ripeteva delirante, volgendo gli occhi di qua e di là, con scatti repentini.

-Ti prego, Andrew, non complicare le cose- lo supplicò Celeste. -Ti è stato proibito di avvicinarla e lo sai molto bene!- Lo afferrò per un braccio, cercando di strattonarlo.

Ma Andrew era in preda ad un'agitazione incontrollabile e si svincolò facilmente dalla stretta indesiderata.

Quindi si concentrò intensamente, focalizzando il sagrato di fronte all'ingresso della cattedrale, con l'intento di proiettarvisi mediante i suoi poteri.

Ma qualcosa andò storto perché, inspiegabilmente, fallì.

"Ma non è possibile!" pensò incredulo.

Provò ancora e ancora, ma era come se il suo spirito fosse inchiodato lassù, prigioniero assieme alla sua forma umana. Per qualche ragione che non riusciva a comprendere, i suoi poteri erano bloccati, come se un muro invalicabile si fosse interposto fra lui e l'oggetto della sua bramosia.

Ma nemmeno quest'intoppo servì a farlo desistere: doveva assolutamente far sapere a Rea che era lì!

Ma come?

In preda ad un ultimo, disperato tentativo si mise a urlare con tutto il fiato che aveva in gola.

-MOREAAA!!!-

In quel medesimo istante, le campane iniziarono a martellare i loro rintocchi micidiali, sovrastando il suo grido e costringendo sia lui che Celeste a tapparsi le orecchie con le mani.

Come se non fosse stato abbastanza, nello slancio di protendersi in avanti, la catena del ciondolo che Andrew portava al collo si era sganciata e a lui non era rimasto altro che osservare la "M" d'oro precipitare nel vuoto luccicando, strappatagli via inesorabilmente dalla forza di gravità.

A questo punto le forze lo abbandonarono e crollò sulle proprie ginocchia.

Il suo respiro si ruppe in una serie di singhiozzi convulsi, mentre il suo petto si contraeva in violenti spasmi.

Non faceva più caso nemmeno all'assordante frastuono delle campane. Se avesse creduto nella sorte, probabilmente avrebbe pensato che quel giorno si fosse divertita a sue spese.

Celeste, che aveva assistito impotente alla scena, lo costrinse ad alzarsi, ma le costò una notevole fatica perché era come risollevare un peso morto.

-Avanti, vieni via con me- lo sollecitò, accostandogli la bocca all'orecchio per farsi udire. -E' meglio così, credimi!-

Andrew era ancora scosso, ma più calmo.

Annuì sconsolato e si risollevò in piedi. C'era mancato così poco...! Si voltò indietro un'ennesima volta, posando involontariamente una mano dove di solito sentiva al tatto il ciondolo di Rea. Adesso aveva perduto anche quello e la sua mano non trovò altro che il battito forsennato del suo cuore.

Mentre stava svanendo insieme a Celeste, constatò amaramente che ora i suoi poteri erano di nuovo attivi.

CAPITOLO XVIII

"La scalinata verso il cielo"

Quando Rea uscì di Chiesa non poteva minimamente immaginare che Andrew le fosse così vicino, altrimenti avrebbe mandato al diavolo Brian, Sandra e tutta la loro famiglia e si sarebbe immediatamente precipitata su per le scale che conducevano alla cella campanaria.

Ma, poiché la presenza di Andrew le era ignota, si dedicò al piano che aveva concertato in Chiesa: mantenere la promessa di andare a salutare Jonathan (cosa che altrimenti avrebbe evitato volentieri di fare), "agganciare" tramite lui Amy Madigan e quindi carpire a quest'ultima informazioni a proposito di suo fratello Brian, deceduto in quel fatidico incidente stradale.

La prima parte del piano si concretizzò facilmente e, in breve, Rea ed Amy si ritrovarono a discorrere sul sagrato.

C'era una tale disparità di altezza fra le due che la minuta Amy Madigan dovette costantemente tenere il mento rialzato per riuscire a guardare l'altra negli occhi.

Aveva un aspetto così gracile e riservato, una vocina così timorosa e sottile, che Rea non poté fare a meno di rivedere in lei la sua amica Jenny.

-Fa' davvero caldo, non trova?- osservò la biondina.

Non era soltanto una banalità gettata lì per dare inizio alla conversazione: l'aria era davvero arroventata. Perciò entrambe si levarono la giacca, arrotolandola attorno al braccio. Rea, rimasta con un sottogiacca grigio, avrebbe gradito potersi togliere anche le scarpe, che la stavano uccidendo, ma ovviamente dovette trattenersi.

Anche gli altri presenti si erano soffermati a scambiare due parole, prima di recarsi tutti a casa Donahue com'era usanza, e Rea notò che erano in numero assai maggiore di quanto aveva stimato di primo acchito.

In mezzo a loro scorse una bambina di circa sei anni e inorridì pensando a quale mente perversa aveva agghindato quella povera creatura, rendendola simile ad una bambola gigante. Innanzitutto, qualcuno aveva legato i capelli biondi della bambina con un fiocco che avrebbe fatto la sua figura su di un pacco-regalo e poi l'aveva infilata in un vestitino blu a pois bianchi tutto plissè e volant, sormontato da un colletto di pizzo bianco. Le calzette e le scarpe di vernice completavano l'opera, se così si voleva chiamarla.

La bambina corse presso di loro, rivolgendosi a quella che chiamò "zia Amy" e aggrappandosi alla sua mano.

-Carrie, da brava, la zia sta parlando con questa signorina- la redarguì Miss Madigan.

Carrie fissò Rea come se fosse stata la malefica strega di qualche favola e mise il broncio.

-Su, vai dallo zio Jonathan!- la sollecitò la zia Amy e Carrie obbedì di malavoglia, allontanandosi, mentre la coda di cavallo le dondolava di qua e di là. La bambina cercò protezione aggrappandosi alla mano dell'allampanato Jonathan Donahue, che era circondato da un capannello di altre persone, fra le quali spiccava l'immancabile ispettore Miller. Quest'ultimo gratificò Rea di un sorrisetto, che la ragazza finse di non aver notato.

Miller si aggirava lì attorno come un falco in attesa di gettarsi in picchiata sulla preda, che ovviamente la ragazza identificò con se stessa.

Non era un segreto che la sua deposizione aveva lasciato parecchi interrogativi al sagace ispettore ed era certissima che le avrebbe impedito a viva forza di salire sul taxi del ritorno, senza averla prima mitragliata di domande.

Ma ora le interessava assai di più ascoltare la storia di Amy Madigan, perché non poteva credere che le vite di quelle persone si fossero così saldamente avvinghiate alla sua senza una valida ragione.

Andrew le aveva insegnato a diffidare delle coincidenze.

-Non esistono il caso o il destino- le aveva detto una volta. -Tutto accade per una ragione-.

"Oh, Andrew! Vorrei tanto sapere dove ti trovi in questo momento!" pensò Rea sospirando, ignara che il suo Angelo era molto più vicino di quanto avrebbe mai potuto immaginare.

-Caroline è la figlia di mio fratello Brian e di Alexandra- le stava nel frattempo spiegando Amy e infatti Rea ricordava vagamente che lo spirito di Brian avesse appunto accennato ad una bambina.

-Immagino che lei sia stata presentata a mia cognata come Sandra, ma mio fratello le si rivolgeva sempre chiamadola Alex e anch'io lo facevo, a volte-

Rea in verità non era stata presentata alla defunta in nessuna maniera, dal momento che l'unica volta che aveva avuto modo di vederla era stato quando l'aveva trovata morente e priva di sensi in un vicolo, quando Andrew si era rivelato di fronte a lei nella sua natura di Angelo.

-Non credo che la bambina si renda conto del tutto...- continuò l'altra. -Comunque, ora quella povera piccola ha perso tutti e due i genitori, a breve distanza e in modo così...assurdo!-

A questo punto la vocina flebile si fece tagliente come una lama di rasoio.

-Prima mio fratello è stato ucciso da un balordo alla guida di un'auto e ora sua moglie è stata assassinata da un delinquente. Sembra che Dio si accanisca sulla nostra famiglia!-

-No, non dica così!- esclamò Rea. -Dio non c'entra in tutto questo!-

Avrebbe tanto voluto poter condividere con lei ciò che aveva visto quel giorno: un meraviglioso Angelo splendente di luce che prendeva per mano lo spirito di Brian per accompagnarlo nel suo ultimo viaggio.

-Non voglio parlare di Dio, se non le spiace- replicò seccamente l'altra.

"Sono le stesse, identiche parole con cui ho risposto a Celeste ieri notte!" constatò Rea con sorpresa. "Ero furiosa con Dio perché lo incolpavo di avermi portato via l'amore della mia vita. E questa donna è arrabbiata tanto quanto lo ero io!"

Non le era sfuggito il fatto che Amy avesse adoperato il termine "ucciso" riferendosi a Brian, anziché "investito".

-Come vuole- assentì Rea a voce alta. -Anche se è un po' strano, visto che ci siamo incontrate in una Chiesa-

-Non sono un'ipocrita, Miss Taylor- si difese Amy. -E' soltanto che io e la mia famiglia stiamo attraversando un periodo molto difficile. Ma non credo di doverlo spiegare a lei, dopo quanto le è accaduto-

Chissà perché, ogni volta che sentiva pronunciare quella frase, Rea pensava che si riferissero alla scomparsa di Andrew anziché al suo tentato omicidio.

Dopo aver chiarito con se stessa l'equivoco, assentì.

-Sa- aggiunse subito dopo, -credo proprio di averlo incontrato, suo fratello-

-Brian? Davvero?- domandò l'altra, e gli occhi le si illuminarono. -So che, quando muore qualcuno, i parenti dicono sempre che era una brava persona, ma mio fratello lo era sul serio. Amava moltissimo la sua famiglia e il suo lavoro...-

S'interruppe, asciugandosi gli occhi col dorso della mano. -Ecco, forse amava un po' troppo il suo lavoro- ammise. -Era diventato un vero stakanovista, negli ultimi tempi. Sa, era socio di uno studio legale che si stava affermando e il giorno che...-

S'interruppe di nuovo, incapace di terminare la frase.

Rea si rammentava benissimo della ventiquatt'ore che si era aperta di colpo quando Brian era stato investito e di tutti quei fogli che erano svolazzati via trasportati dal vento.

Rabbrividì, al pensiero del cadavere di Brian riverso sull'asfalto.

-Sono sicura che non era solo, quando è morto- disse sommessamente, ma Miss Madigan non parve trarre un gran conforto da quelle parole.

Poi accadde tutto così in fretta che Morea ebbe appena il tempo di rendersene conto.

Di colpo, fu come se avessero tolto il sonoro all'intero Universo.

Vedeva la bocca di Amy che aveva ricominciato a muoversi, ma non l'ascoltava più.

Quest'ultima osservò Rea voltarsi inspiegabilmente di scatto verso il muro, alle proprie spalle, come se si fosse aspettata di trovarvi qualcuno.

Quindi la vide tornare a girarsi verso di lei, ma con un'espressione che la terrorizzò non poco.

Sembrava che due lingue di fuoco ardessero in quegli occhi neri, infiammando tutto il resto del viso. In preda ad una violenta agitazione, Rea aveva preso a guardarsi attorno, rendendosi conto, con suo sommo disappunto, che nessuno, a parte lei, aveva mostrato alcuna alterazione del proprio comportamento.

"Forse sono diventata completamente pazza!" pensò. "Eppure, giurerei sulla mia vita che..."

Senza neppure rendersene conto, afferrò la povera Amy Madigan per le spalle graciline e poco ci mancò che iniziasse a scuoterla vivacemente.

-Lei non ha sentito...Non ha sentito qualcuno gridare?!?-

Sembrava che stesse supplicandola di avvalorare la propria speranza.

-Qualcuno gridare?- ripeté Amy, fissandola con apprensione.

-Qualcuno che chiamava il mio nome!- insistette Rea con enfasi. -DEVE averlo sentito anche lei!!!-

-Io non ho sentito niente- rispose Amy, facendo istintivamente un passo indietro. -Ma, col fracasso che stanno facendo queste campane, può darsi che mi sia sfuggito- le concesse.

"Le campane...?"

Un pensiero aveva attraversato la mente di Rea, che corrugò la fronte perplessa e finalmente si risolse a lasciare libere dalla sua stretta le spalle indolenzite dell'altra.

Miss Madigan prese a massaggiarsele, interdetta dal bizzarro comportamento di quella strana Miss Taylor.

-Scusate, va tutto bene?- domandò l'ispettore Miller, che era accorso immediatamente al loro fianco.

"Ci mancava solo lui!" pensò Rea scocciata.

-Noi stavamo... parlando- rispose Miss Madigan.

-Quindi Miss Taylor non la stava importunando- proseguì l'ispettore Miller. Lo disse come se stesse scherzando, ma ormai Rea aveva imparato che era sua abitudine lanciare stilettate mascherandole da facezie.

-No, non mi stava importunando...- rispose Amy, ma dal suo tono di voce e dal suo sguardo sembrava che non ne fosse poi tanto certa.

-Stavo semplicemente chiedendo a Miss Madigan di parlarmi della sua famiglia- intervenne prontamente Rea, fissando l'ispettore come se avesse voluto sfidarlo a duello.

A rompere la tensione, era giunto provvidenziale l'arrivo di Caroline, con la sua coda di cavallo perennemente oscillante, ansiosa di mostrare loro qualcosa che teneva fra le manine grassottelle.

-Guarda, zia Amy!- aveva strillato, esibendo il suo tesoro.

Rea sbatté le palpebre più volte, incredula.

-Scusa, me lo faresti vedere?- domandò a Caroline, che la studiò dubbiosa prima di concederle un tale privilegio.

Rea si chinò col cuore che le balzava fino in gola e, quando prese l'oggetto luccicante dalle mani della bambina, le dita le tremavano.

-E' d'oro!- constatò Amy, che si era chinata a sua volta ad osservare il pendente.

-Qualcuno deve averlo perso. Dove l'hai trovato, Carrie?-

La bambina puntò un dito verso l'alto.

-E' piovuto dal cielo!- affermò.

-Non dire assurdità, Carrie!- la rimproverò la zia.

Lo sguardo di Rea si innalzò fino ad incontrare la cima del campanile, mentre la sua mano stringeva forte la catenella, e di colpo ogni tassello del puzzle trovò la giusta collocazione.

-Andrew!- esclamò, trasalendo.

Quindi si risollevò in piedi e si mise a correre come un'invasata, diretta verso l'interno della Chiesa.

-Miss Taylor!- la chiamò allibito l'ispettore Miller, mentre Caroline aveva dato inizio ad un vero e proprio piagnisteo, accusando quella "signora cattiva" di averle portato via ciò che le spettava di diritto.

Ma Rea, assolutamente incurante delle loro proteste e grida, era ormai scomparsa all'interno dell' edificio.

Attraversò la navata principale, sempre correndo, in cerca della scalinata che conduceva fino alla sommità del campanile. Era situata accanto all'abside e Rea la imboccò immediatamente.

Era buia e claustrofobica e i gradini di pietra erano resi visibili nell'oscurità da piccole feritoie scavate nello spessore murario, che lasciavano penetrare una lama di luce sufficiente appena ad impedirle di inciampare. Lo spazio, poi, era così ristretto che difficilmente due persone affiancate avrebbero potuto percorrerlo.

I tacchi si rivelarono fin da subito un intralcio e Rea si sfilò le scarpe senza pensarci due volte, sbarazzandosene lungo il suo ripido percorso verso l'alto, e la giacca fece la stessa fine.

La gonna, poi, era troppo aderente per la corsa e il tessuto si lacerò. Tuttavia, Rea proseguì imperterrita, coi gradini di pietra che scottavano sotto i suoi piedi scalzi.

Sembravano non finire mai: ogni volta che la ragazza svoltava l'angolo, sperando di scorgere finalmente il sole, ne compariva subito un'altra serie.

-Andrew, aspettami! Non te ne andare!- continuava a ripetere come un mantra, ansimando per lo sforzo fisico.

Andrew si trovava lassù e il ciondolo ne era una prova tangibile. Doveva essergli caduto, finendo, chissà come, proprio nelle mani della piccola Caroline, per poi ritornare alla legittima proprietaria.

Era un miracolo che, precipitando da così in alto, non si fosse rotto o perlomeno scheggiato.

Invece, come aveva potuto constatare lei stessa, il gioiello era ancora perfettamente integro.

Solo la catenella si era spezzata, ma era stata una fortuna, altrimenti Rea avrebbe sprecato inutilmente il suo tempo a chiedersi se avesse davvero udito la voce di Andrew che invocava il suo nome (perché era questo ciò che era accaduto) o se, piuttosto, le avesse dato di volta il cervello.

Quasi sicuramente Miss Madigan e l'ispettore Miller la ritenevano una perfetta candidata per l'istituto di igiene mentale, ma a Rea premeva solo di arrivare a destinazione in tempo, prima che Andrew se ne andasse via.

Intanto, lo stomaco vuoto prese a gorgogliare e l'aria era così torrida che la vista di Rea si oscurò e davanti agli occhi cominciarono a danzarle tante macchioline colorate.

"Oh, no! Non posso svenire proprio adesso!" intimò a se stessa, facendo appello a tutte le proprie forze residue per restare in piedi.

A metà scala, tuttavia, dovette rallentare, perché le erano venuti i crampi ai polpacci.

Ma di fermarsi non le venne neppure in mente: anche se era una folle speranza pensare di trovarlo ancora lì, doveva tentare ad ogni costo.

Bastò questo pensiero a infonderle l'energia necessaria per continuare, col cuore che sobbalzava ad ogni gradino.

Quando ormai credette di non farcela più, i suoi occhi vennero inondati di luce.

-Ancora... un piccolo... sforzo!- mormorò, arrancando.

Le gambe si rifiutavano di collaborare, ma Rea le costrinse a salire gli ultimi gradini che la separavano dal suo amore.

Quando si trovò in cima, quasi non credette ai suoi occhi.

Si affacciò alla cella campanaria, appoggiandosi al muro con una mano. Scalza, spettinata e con la gonna strappata, ma con gli occhi che le splendevano di gioia.

Andrew era di spalle, accanto a Celeste, ma Rea riconobbe senza ombra di dubbio la sua inconfondibile fisionomiae un gemito strozzato le affiorò sulle labbra.

Si staccò dalla parete e fece per avvicinarsi, ma i due Angeli svanirono nel nulla, proprio sotto i suoi occhi.

-Oh, no, aspetta! Non andartene!- gridò, ma era come se fossero stati separati da una lastra di vetro.

Andrew non si era nemmeno accorto che lei era ritta proprio dietro di lui. Non aveva udito il suo richiamo, che si era infranto come un'onda contro uno scoglio.

Rea rimase a fissare il vuoto per un periodo di tempo indefinibile, con gli occhi sbarrati, incredula.

Non aveva più il fiato necessario nemmeno per gridare al cielo il suo sconforto.

CAPITOLO XIX

"La canzone di Morea"

I

Alcuni minuti dopo, Rea udì un rumore di passi lungo la scalinata che si faceva sempre più vicino e quindi si ritrovò faccia a faccia con l'ispettore Miller, che reggeva in una mano le sue scarpe e nell'altra la sua giacca.

-Miss Taylor...si sente bene?- domandò ansante, squadrandola da capo a piedi.

Rea avvertì un'ira profonda che le saliva fin dalle viscere. Si sentiva come una bomba ad orologeria pronta ad esplodere al minimo urto. Perché tutte quelle persone non facevano che domandarle se stava bene?!? E con quel modo così falsamente garbato, come se davvero importasse loro qualcosa!

L'ispettore si guardò attorno, ma ovviamente non trovò nessuno.

-Non le chiederò perché è scappata via a quel modo- disse poi rivolto verso Rea. -Né per quale motivo si trovasse quassù tutta sola ... A meno che non me lo voglia confidare lei stessa...-

Il volto di Rea rimase impassibile, come scolpito nella roccia.

-Molto bene- concluse l'ispettore porgendole le scarpe. -Rimarrà uno dei suoi tanti misteri ... per adesso. Se vuole rimettersi queste, l'accompagnerò a mangiare da qualche parte. Lei è pallida come una morta, Miss Taylor, e non serve essere Sherlock Holmes per accorgersi che ha bisogno di mangiare-

La rabbia di Rea andò scemando di fronte alla mancanza di insistenza dell'ispettore Miller, ma non l'amarezza di avere avuto Andrew così vicino ed esserselo visto sfuggire in modo tanto assurdo.

"*Sono il buffone della sorte!*" pensò, citando Shakespeare, mentre calzava nuovamente le scarpe e prendeva la giacca dalla mano solerte di Miller.

La giacca non aveva nemmeno un briciolo di pulviscolo, nonostante lei l'avesse gettata per terra: ovviamente l'ispettore, da perfetto maniaco dell'ordine qual era, prima di riconsegnargliela doveva averla scossa ben bene.

"Si sarà sentito male, al pensiero di non potermi anche lucidare le scarpe!" pensò Rea.

Comunque, non aveva nessuna intenzione di andare a mangiare assieme a lui, fornendogli così un pretesto per infilare qualche noncurante domanda fra una portata e l'altra, ma era una verità sacrosanta che aveva bisogno di cibo.

-Preferirei andare a mangiare a casa- disse.

-Benissimo- assentì lui, senza palesare la minima delusione.

Per fortuna, la ristrettezza delle scale fece sì che non potessero scendere affiancati (con gran sollievo di Rea) bensì una davanti e l'altro dietro.

L'ispettore aveva insistito perché Rea andasse per prima, adducendo la galante scusa che in tal modo avrebbe potuto afferrarla al volo, se fosse svenuta per il digiuno e la troppa arsura. Ma lei sospettò che il suo istinto di poliziotto gli avesse suggerito di starle alle spalle per sorvegliarla, prima che si lasciasse cogliere da qualche altro impulso repentino.

Mentre ripercorreva i propri passi, Morea si stupì di aver impiegato meno di cinque minuti a percorrere una scala che ne richiedeva almeno quindici: l'amore le aveva davvero messo le ali ai piedi!

Peccato che fosse stato tutto inutile.

Quando uscirono nuovamente all'aperto, la piazza era ormai deserta.

-Sono andati tutti a casa dei Donahue- rispose l'ispettore alla sua muta domanda. -Ma, se accetta il mio consiglio, aspetti un giorno o due prima di telefonare a Amy Madigan-

Rea cominciò a provare un'autentica antipatia per quell'uomo. Come faceva a sapere che voleva chiamare Miss Madigan? D'accordo, era un ispettore di polizia, ma il pensiero di essere così trasparente nelle sue intenzioni la faceva innervosire parecchio.

-Vuole che le chiami un taxi?- si offrì lui.

Rea accettò (dopotutto, perché non avrebbe dovuto farlo?) e venti minuti dopo era nella cucina di casa sua, ad ispezionare il frigo in cerca di qualcosa di commestibile.

Aveva trovato un post-it giallo appiccicato sullo sportello, che non aveva notato quella mattina. Era la scrittura di Cristina e diceva semplicemente: "*Ricordati che oggi è venerdì*".

-Come se avessi voglia di cantare, dopo tutto quello che mi è successo oggi!- commentò Rea staccando il post-it, accartocciandolo ben bene e quindi lanciandolo di precisione verso il cestino della carta straccia.

Il foglietto accartocciato rimbalzò sul bordo e cadde sul pavimento. Canestro mancato di poco.

Mentre si chinava a raccoglierlo e lo scagliava con rabbia nel cestino, Rea pensò tristemente che quel giorno aveva mancato di poco qualcosa di molto, molto più importante.

Quindi si sedette al tavolo e si abbuffò di cibo cinese.

Quando il suo stomaco si dichiarò finalmente sazio, Rea salì a cambiarsi la gonna strappata con un paio di leggins neri. Quindi, scesa nuovamente al piano di sotto, prese la chitarra e ripensò all'ultima volta che aveva suonato.

Era stata la sera in cui lei e Andrew si erano baciati per la prima volta e poi lui era andato via senza dire una parola.

Allora lei aveva intonato quella canzone degli *Smiths*, "*Please please please let me get what I want*" e lui era riapparso, come se fosse stato evocato dalle parole della canzone.

Questa volta però, parole affatto diverse fecero vibrare le sue corde vocali.

Mi hanno detto che il destino si prende gioco di noi,
Che non ci dà niente e ci promette tutto.
Sembra che la felicità sia a portata di mano,
Allora si tende la mano e ci si ritrova pazzi.
Ma qualcuno mi ha detto che tu mi ami ancora,
Qualcuno mi ha davvero detto che tu mi ami ancora?
E' possibile allora?

-Mio Dio, spero che non sia questa la canzone che canterai stasera!- esclamò inorridita una voce.

Rea non dovette nemmeno voltarsi, per sapere a chi apparteneva. Si limitò a levare gli occhi al cielo e a sospirare.

-No, questa la stavo cantando per me stessa, ripensando a quello che è successo oggi!-

Celeste aveva un'espressione serafica, come se ignorasse completamente ciò a cui Rea stava alludendo. Allora quest'ultima posò la chitarra e le puntò il dito contro, come se fosse stata un'arma carica pronta a fare fuoco.

-Stamattina ero su quel dannato campanile e ti ho vista!- sibilò.

Celeste si accigliò immediatamente. -Per prima cosa, signorinella, non usare quella parola che inizia per "d" in mia presenza!- la rimbeccò.- Secondo, non mi puntare mai più il dito addosso a quel modo!-

Rea non parve minimamente intenzionata a porgere le proprie scuse. Considerava un suo diritto inalienabile essere arrabbiata, dopo tutto quello che aveva dovuto sopportare.

-Avevo davvero la felicità a portata di mano!- esclamò, agitando la mano vuota.

-Poi ho teso la mano...- continuò, stringendo le dita così forte da conficcarsele nella carne, -ed ecco quello che ho ottenuto!- concluse, assestandosi un pugno sul ginocchio.

-Dannazione, dannazione, dannazione!- ripeté poi, in modo deliberatamente provocatorio, calcando il tono su ciascuna delle tre imprecazioni.

Celeste aveva intuito che Rea era sconvolta e pertanto scelse di ignorare la triplice sfida lanciata contro la propria ammonizione, così come avrebbe lasciato correre se un monello avesse tirato una pietra contro la finestra di casa.

Si sedette invece al suo fianco e la osservò.

-Ti senti meglio, adesso?- le domandò, ma pareva che conoscesse già la risposta.

-No, per niente!- si lamentò infatti Rea, chinando il capo esasperata e infilandosi le dita fra i capelli.

-Non riesco ancora a crederci!- ripeté per la milionesima volta.

-Credo di aver capito cos'è successo- sospirò Celeste. -Ma non puoi farci proprio niente. E, malgrado quello che dice la tua canzone, non esiste alcun destino da incolpare, né la mala sorte-.

-Allora è Dio che non vuole farmi incontrare Andrew!- esclamò Rea inviperita. -Vuole che io soffra in eterno!-

Celeste sogghignò, sarcastica. -Certo, ogni volta che vi capita qualcosa, voi esseri umani avete sempre pronto qualcuno da incolpare- affermò, e prese ad enumerare sulla punta delle dita:- Vediamo un po': la sorte, la sfortuna, il Padreterno...! Fa' molto comodo avere qualcuno da accusare quando le cose non vanno per il verso giusto!-

Rea si tolse le mani dai capelli e sollevò la testa, volgendosi verso l'Angelo.

-E allora come spieghi...!- iniziò, ma Celeste la zittì immediatamente.

-Stamattina ho riflettuto e mi sono presa la mia parte di responsabilità in questa faccenda- dichiarò, battendosi il petto come se stesse recitando il "mea culpa". -Tu hai fatto altrettanto?-

-Io?- ripeté Rea, sgranando gli occhi. -Io sono quella che soffre e la colpa sarebbe mia?!?-

-Se dici a un bambino di non toccare il fuoco e lui disubbidisce e si scotta le dita, di chi è la colpa secondo te?-

A quelle parole, Rea decise che la conversazione era finita, per quanto la riguardava.

Fece una smorfia e afferrò il primo libro che le capitò sottomano, senza neanche dare una scorsa al titolo, e nei minuti che seguirono finse ostinatamente di essere immersa nella lettura, ignorando Celeste.

Quest'ultima trovava quell'atteggiamento assolutamente infantile ed era determinata a non dare a Rea alcuna soddisfazione.

Perciò ostentò una totale indifferenza verso i capricci della sua nuova protetta e si mise a sfogliare anche lei una rivista, presa a caso fra le molte accatastate vicino al divano.

Ma, con la coda dell'occhio, teneva Rea costantemente sotto controllo.

Non trascorse molto tempo prima che il rancore della ragazza si sgretolasse, cedendo il posto alla malinconia.

Dopo aver riletto per la ventesima volta la medesima riga senza averci capito niente, ripose il libro in grembo. Dai suoi occhi, persi in qualche tetra reminiscenza, Celeste apprese molto più che da una schermaglia di parole.

Rivide in lei lo stesso sguardo che aveva scorto in Andrew: quella medesima, cupa malinconia che le aveva provocato una stretta al cuore; e si chiese se non fosse stata un po' troppo dura con la sua predica.

Doveva fare qualcosa per risollevare quella ragazza dall'abisso in cui era precipitata e, seguendo un'ispirazione improvvisa, posò la rivista e afferrò il manico della chitarra, offrendogliela.

Rea, scossa dalle sue tristi riflessioni, la fissò con stupore, poiché il gesto le giunse inaspettato.

-Avanti!- la esortò Celeste.- Prendi il tuo dolore, la tua rabbia, la tua disperazione e mettili nella tua voce!-

Rea esitò, studiando il sorriso di Celeste come se si stesse chiedendo quali fossero le sue reali motivazioni per essere tanto gentile con lei, dopo avere insinuato non troppo sottilmente che fosse lei stessa la causa del suo male.

Tanto per cominciare, Celeste non aveva mai preso sul serio il suo amore per Andrew. Continuava a trattarla come se avesse battuto la testa e fosse di colpo impazzita e il suo compito fosse quello di ricondurla alla sanità mentale.

Tuttavia, alla fine Rea cedette, mettendo da parte il libro e imbracciando la chitarra.

Fece scivolare il pollice lungo le corde, facendole vibrare una dopo l'altra, per poi arrestarsi di colpo.

-Non gli è permesso vedermi, è così?- domandò bruscamente.

-Sì, e così- rispose Celeste, col suono ruvido e sgradevole che può assumere talvolta la verità.

-Lo avevo immaginato- disse Rea, la cui voce era così cupa e grave che sembrava provenire dalle viscere del sottosuolo.

-Altrimenti...Altrimenti...!- sembrava che un nodo le ostruisse la gola, impedendole di articolare le parole. -Altrimenti, non sarebbe mai e poi mai tornato sulla Terra senza venire subito da me!-

Pronunciò la frase tutta d'un fiato, come se fosse stata lì lì per esalare l'ultimo respiro. Poi fu costretta a distogliere lo sguardo da Celeste, nel vano tentativo di nascondere la fitta di commozione che stava avendo la meglio su di lei.

-E... mi ama... ancora!- continuò stoicamente, lottando contro i singulti che s'inframmezzavano alle parole. -O non avrebbe cercato di...di attirare la mia attenzione a quel modo!-

A questo punto Rea dovette per forza fare una pausa, o sarebbe scoppiata sicuramente in un pianto convulso.

Celeste era stupefatta dalla fede incrollabile che quella ragazza riponeva nel legame che la univa ad Andrew e cominciava a chiedersi se non ne avesse sottovalutato l'intensità, sminuendolo.

Dopotutto, quella mattina aveva assistito in disparte allo sfogo di quelle due anime infelici, che si erano entrambe votate al martirio per ciò che chiamavano amore, e una profonda compassione per entrambi aveva iniziato a farsi strada dentro di lei.

Tuttavia, si disse, esistevano sempre e comunque regole inviolabili, che andavano rispettate, e sia Rea che Andrew dovevano farsene una ragione.

Ma questo non le impedì di dare dei colpetti affettuosi alla spalla di Morea, che intanto aveva ripreso il proprio autocontrollo.

-Allora, me la fai sentire, sì o no, una bella canzone? - la sollecitò Celeste. -E ricordati di metterci tutto. Non devi trattenere niente, sono stata chiara?-

Rea annuì mestamente e riprese a pizzicare le corde della chitarra, sforzandosi di seguire il consiglio di Celeste.

Ma, mentre cantava, il suo pensiero era rivolto ad un altro Angelo e pregò che in qualche modo lui potesse sentirla, ovunque si trovasse.

Pregò perché la sua voce riuscisse dove lei aveva fallito.

CAPITOLO XX

"Qualcosa d'imprevisto"

I

-Scaverai un buco nel pavimento e finiremo tutte e due di sotto, in cantina!- osservò sarcastica Rossella, intenta a limarsi le unghie lunghe, smaltate di un rosa tenue che s'intonava perfettamente col verde sgargiante del suo abito da sera.

Era da almeno un'ora che Cristina, fasciata nel suo vestito bianco, camminava avanti e indietro nel locale adibito a camerino, e poi ancora avanti e indietro, e poi ancora avanti e indietro, facendo girare la testa all'amica. E continuava anche a ripetere: -Sono in ritardo! Tutte e due! E lo sanno quanto è importante per me, accidenti a loro!-

Il "Raven" era la realizzazione di tutti i sogni che aveva coltivato nella sua vita: svolgere un lavoro dove lei era il principale di se stessa, essere a contatto con la gente e, soprattutto, avere l'occasione di esibirsi in pubblico.

La musica era tutta la sua vita.

Appena le mettevano sotto gli occhi uno spartito, le appariva subito chiaro come andasse suonato: triste, allegro, malinconico, languido... tutto aveva un senso, in quel mondo magico. Il suo tallone d'Achille, sfortunatamente, era la sua voce.

Se Dio le avesse donato la voce che sognava, Cristina avrebbe potuto compiere autentici miracoli, col suo talento nel comprendere la musica!

Ma, invece, le erano toccate delle corde vocali di seconda mano. Non era stonata e poteva riuscire anche piacevole all'ascolto, ma era così dannatamente banale!

Morea, al contrario, non capiva un'acca delle cose che a lei risultavano evidenti ma, per qualche misteriosa ragione, possedeva una voce capace di ammaliare un coro di Angeli.

"E questa è un'ingiustizia bella e buona!" pensò Cris, mordicchiandosi una pellicina vicino all'unghia.

Certo, anche Rea amava la musica, questo lo sapeva; ma era soltanto un fiore nel mazzo dei suoi molteplici interessi, come ad esempio tutti quei libri scritti in quelle lingue straniere, alcune delle quali nessuno parlava nemmeno più!

Rea non avrebbe mai donato la sua vita per la musica, come invece avrebbe fatto lei.

-Rea si comporta in modo molto strano ultimamente, l'hai notato?- osservò Rossella, continuando ad occuparsi della propria manicure anche mentre parlava. -Qualcosa la tormenta! E non mi riferisco all'aggressione...E' qualcosa d'altro, ma non ne vuole parlare nemmeno con noi-

Cristina si arrestò di colpo e rifletté su quelle parole. Sì, anche lei aveva notato qualcosa di strano, ma non vi aveva dato eccessivo peso.

L'assalì un brutto presentimento, che le provocò un brivido gelido lungo la schiena, e si pentì dell'invidia che aveva provato fino a un istante prima.

"Ti prego, Signore!" pensò. "Fa' che venga e che canti come non ha mai cantato in vita sua! Anche se ascoltarla sarà tremendo, per il mio ego".

Proprio nello stesso istante, quasi a voler sfatare gli infausti presagi di Cristina, Morea e Celeste fecero il loro ingresso dalla porta principale del "Raven".

-Benvenuta nel Maelstrom!- esclamò solennemente Rea mentre scendevano le scale.

Celeste si guardò attorno sbalordita e inorrodita insieme.

-Mio Dio, sembra di essere in un girone dantesco!- commentò.

Rea sghignazzò: -No, non Dante. Hai sbagliato autore- disse.

Quando erano uscite di casa, l'umore di Rea era ancora più tetro dell'atmosfera che aleggiava in quel locale, ma, di fronte all'espressione di Celeste e alle sue smorfie, non era riuscita a trattenersi dal ridere.

Le luci erano soffuse e l'ambiente aveva effettivamente un che di inquietante, accentuato da finte ragnatele che drappeggiavano le pareti e da scarabei dorati (sempre finti) che sembravano arrampicarvisi.

I clienti, assai numerosi, erano seduti attorno a dei tavoli dalla forma singolare, che ricordava una cassa da morto, e i camerieri indossavano dei grembiuli neri sui quali era stampata l'effige di un corvo con le ali spiegate, sotto la quale spiccava in rosso sangue la scritta "*Nevermore*".

Il bancone ricordava certe taverne da romanzo ottocentesco e un grosso barile di vino era in bella mostra alle spalle del barman, un individuo alto e grosso che mesceva bevande dai colori fosforescenti, come un alchimista intento a preparare le sue pozioni.

Celeste si accomodò con una certa apprensione dietro uno di quei macabri tavoli, e scoprì con sollievo che almeno i sedili erano comodi e imbottiti.

Si assestò ben bene e poi, quando si voltò, le sfuggì un urlo: c'era un gatto nero, alle sue spalle!

Poi lo guardò meglio e constatò che non era vivo.

-Non sarà mica impagliato!- disse, scandalizzata al solo pensiero.

-Ma no, è finto, come tutto il resto!- la tranquillizzò Rea, sedendosi a sua volta.

La ragazza indossava un abito da sera nero, molto attillato, che metteva in risalto il petto voluminoso, restringendosi nella vita sottile e poi allargandosi nuovamente nel delineare le curve ampie dei fianchi. Portava i lunghi capelli sciolti e nessun gioiello, eccettuato il braccialetto che le aveva regalato Andrew.

Non aveva più voluto mettere il ciondolo che aveva così tristemente riavuto, non voleva più nemmeno guardarlo.

"Forse dovrei regalarlo a quella bambina, Caroline" stava riflettendo.

"Tanto, a *lui* non potrò più restituirlo!" pensò amaramente.

Celeste constatò a malincuore che la ragazza si era di nuovo rinchiusa nel suo guscio di oscure elucubrazioni. Aveva addirittura trasalito, quando aveva visto passare una cameriera con addosso uno di quei grembiulini neri.

Doveva essere stato a causa di quella scritta: "Nevermore": cioè, "Mai più".

"MAI PIU'!"

Una lampadina si accese improvvisamente nella mente dell'Angelo.

-Adesso ho capito perché, quando ho citato Dante, mi hai risposto che avevo sbagliato autore!- esclamò.

-Ti avevo già dato un indizio appena siamo entrate- le rammentò Rea, giocherellando col braccialetto.

-E' vero- ammise Celeste. -Hai parlato del Maelstrom. In quel momento non ci avevo fatto caso, ma adesso mi è tutto chiaro. Ti riferivi a "*Una discesa nel Maelstrom*"!-

Rea annuì, incoraggiante.

Poi Celeste diede un colpetto al tavolo a forma di bara : "*La cassa oblunga*"!- disse, tutta soddisfatta.

Sembrava che si stesse divertendo, a quel gioco di deduzioni letterarie. Si era voltata sorridente verso il gatto finto, che l'aveva così tanto spaventata dapprincipio, dichiarando: -E questo qui è "*Il gatto nero*", ovviamente-.

Rea continuava a fare cenni d'assenso col capo.

L'Angelo indicò gli scarabei dorati alle pareti:-"*Lo scarabeo d'oro*",- continuò, -e quello dietro al bancone non può che essere "*Il barilozzo di Amontillado*"!-

-Sono tutti racconti di Edgar Allan Poe!- esultò alla fine, trionfante. -E dire che l'ho conosciuto di persona, tanto tanto tempo fa...! D'altra parte- osservò Celeste, - già il nome del locale, "Raven", ovvero "*Il Corvo*", avrebbe dovuto mettermi sulla buona strada...-

S'interruppe, vedendo che il volto di Rea si incupiva.
Quest'ultima, con lo sguardo perso nel vuoto, recitò :-

"Per questo Cielo che s'incurva su di noi
Per questo Dio che tutti e due adoriamo
Dì a quest'anima oppressa dal dolore, se, nel lontano Eden,
essa abbraccerà una santa fanciulla,
che gli angeli chiamano AND...-

Rea s'interruppe, quando s'accorse che un altro nome stava affiorando alle sue labbra, al posto di quello scelto da Poe.
Si corresse immediatamente, riprendendo la citazione:

"...Eleonora,
abbraccerà una rara e radiosa
fanciulla che gli angeli chiamano
Eleonora".

Qui inserì una pausa ad effetto, prima dell'ultima strofa:

-Disse il corvo: "Mai più! "-

Rea aveva declamato l'ultima strofa de "*Il Corvo*" come se fosse stato l'epitaffio della sua pietra tombale. Un cameriere venne a prendere le ordinazioni, ma Celeste non volle farsi convincere a bere niente di quello che stava sul menù.
-Queste bevande hanno tutte nomi strani!- affermò, studiando la lista con sospetto.
Rea invece ordinò un cocktail battezzato "Berenice", in onore della sfortunata eroina di Poe che venne seppellita viva per errore. Una delle tante, in verità, alle quali toccò una così orribile sorte.
-Che allegra poesia, non è vero?- riprese Rea sarcastica, quando il cameriere se ne fu andato. - Parla di un uomo che ha perso il suo amore e un corvo continua a ripetergli che non lo rivedrà "Mai più!". L'ironia è che sono stata proprio io a suggerire a Cristina il

nome del locale! E' un aneddoto divertente, forse più tardi te lo racconterò-.

Celeste si protese oltre il tavolo per dirle qualcosa, ma furono interrotte da delle grida concitate.

-Guarda, Rea è lì! Te l'avevo detto che sarebbe venuta!-

Era la voce squillante di Rossella, che stava indicando a Cristina il tavolo dove sedevano Rea e Celeste.

Le due bionde si fecero strada attraverso la sala gremita, contorcendosi per non urtare i camerieri che andavano e venivano con i vassoi colmi e i clienti che si alzavano dai tavoli per recarsi al bancone o alla toilette.

Finalmente raggiunsero il tavolo di Rea, ma non poterono vedere Celeste, perché era svanita prima che loro arrivassero.

-E Jenny è con te?- le chiese Rossella, guardandosi attorno alla ricerca della ben nota chioma rossiccia.

-No, non è con me!- rispose Rea, sorpresa dalla domanda. -Adesso che me lo fai notare, non l'ho vista per tutto il giorno-

-E non risponde al cellulare- le fece eco Cris.

D'un tratto, le tre ragazze si scambiarono uno sguardo allarmato e Cristina avvertì di nuovo quel brivido gelato lungola schiena.

L'orologio appeso dietro al bancone segnava le dieci e mezza.

-Jenny non è mai così in ritardo!- esclamò Rea balzando in piedi. -Vado a vedere se è a casa-

-No!- la fermò Cris, trattenendola per un braccio. -Voglio andare io. Ero così arrabbiata perché eravate in ritardo che non ho minimamente pensato che potesse esservi capitato qualcosa di brutto. Anche se avrei dovuto, visti i precedenti- aggiunse, rivolgendo a Rea uno sguardo che invocava perdono.

Quest'ultima le diede un buffetto sulla spalla.

-Sì, forse è meglio che vada tu- convenne. -Io sono ancora cliente fissa di tutti i tassisti della zona. E, nel frattempo, intratterrò il pubblico cantando qualcosa-

-E poi, non è detto che sia accaduto veramente qualcosa a Jenny!- intervenne Rossella, cercando di smorzare la tensione che si era creata. -Forse ha dimenticato di nuovo le chiavi e sta impazzendo per riuscire a entrare in casa...- ipotizzò.

-Forse- concesse Rea, ma il suo sguardo era estremamente dubbioso, come se prevedesse il peggio.

E quando incontrò quello avvilito di Celeste, invisibile agli occhi delle sue amiche, comprese che aveva ragione.

CAPITOLO XXI

"La crisi"

Cristina stava facendo manovra con la sua Chevrolet, per uscire dal parcheggio del "Raven".

Aveva già imboccato l'uscita e stava per immettersi sull'arteria principale quando, di colpo, una figura sbucò repentinamente fuori dall'oscurità, parandosi di fronte all'auto.

Cristina s'impaurì, temendo d'investire la sagoma nera che si stagliava contro la luce degli abbaglianti, e fu costretta ad eseguire una brusca frenata che la fece sbalzare leggermente in avanti, strappandole un grido acuto.

Avvertì lo strattone della cintura di sicurezza, che la trattenne, per poi venire sospinta nuovamente indietro, contro lo schienale del sedile.

Ansimante per lo spavento, col piede destro che premeva ancora sul pedale del freno, il suo primo impulso fu quello di abbassare il finestrino e lanciare una sequela d'improperi verso quell'incosciente, chiunque fosse, che le aveva sbarrato la strada, ma si bloccò istantaneamente.

La misteriosa figura era ancora lì di fronte a lei, perfettamente immobile.

Non aveva minimamente accennato a scansarsi, anche quando s'era udito chiaramente lo stridìo della frenata.

Poi, d'improvviso, Cristina vide la sagoma scattare con l'agilità di un gatto, aggirare la vettura di lato e spalancare la portiera dalla parte del passeggero prima che lei avesse il tempo di far scattare le leve della chiusura centralizzata.

Sussultò, credendo che si trattasse di qualche balordo come quell'O'Grady che voleva rapinarla, o peggio.

Quando invece le apparve il viso di Morea era indecisa se trarre un sospiro di sollievo o se mandarla cordialmente al diavolo.

Rea saltò imperterrita sul sedile accanto al guidatore, sbattendo violentemente la portiera.

-Vengo con te, andiamo!- esclamò ansiosa, ma Cristina si voltò a fissarla con gli occhi azzurri sgranati per lo stupore.

-Ma sei impazzita!- strillò. -Lo sai che stavo quasi per metterti sotto?!? E poi non avevi detto che saresti rimasta al locale?-

Ma Rea si voltò verso di lei con un'espressione che la fece rabbrividire.

Aveva i tratti del viso irrigiditi, le labbra serrate, la consueta ruga che le appariva in mezzo alla fronte quand'era tesa. Ma fu soprattutto lo sguardo, freddo come l'acciaio, a incutere timore a Cristina.

-Non faceva per me, stare seduta ad aspettare che il cellulare squillasse! -replicò seccamente Rea mentre si allacciava anche lei la cintura di sicurezza. Era così scossa, nonostante l'apparente austerità, che dovette tentare più volte prima che il gancio finalmente s'inserisse.

-Allora, ti decidi a partire, o dobbiamo fare cambio di posto?- la sollecitò nel frattempo. Cristina intuì che Rea era in uno stato di ipertensione e che il motivo doveva quasi sicuramente avere a che fare con ciò che era accaduto a Jenny.

Perciò avvertì l'urgenza di obbedirle senza ribattere, sforzandosi di ignorare l'aggressività intrinseca nel suo tono di voce, e girò lesta la chiavetta facendo ripartire in fretta la Chevy.

Pochi minuti dopo viaggiavano spedite sull'autostrada, ai limiti della velocità consentita.

All'inizio erano rimaste rinchiuse ognuna nel proprio silenzio privato, ma poi Cris si voltò con apprensione in cerca del profilo di Rea sul quale si riflettevano, ad intervalli regolari, le luci delle auto che occupavano la corsia accanto alla loro.

La ragazza teneva lo sguardo fisso oltre il parabrezza e sfogava il proprio nervosismo manipolando in continuazione il braccialetto che le cingeva il polso.

Sembrava molto legata a quel gioiello, pensò Cristina, poiché già da un po' di tempo sia lei che Rossella avevano notato che Rea non se ne separava mai, quasi fosse divenuto un'appendice del suo stesso corpo.

-Dimmi la verità, Rea- la esortò Cris con un filo di voce. -E' successo qualcosa di grave a Jenny?-

Rea continuò imperterrita a trafficare col suo braccialetto, come se non avesse nemmeno udito la domanda, ma in realtà stava riflettendo attentamente sulla risposta da darle.

-Sì- rispose infine. -Ma non chiedermi come faccio a saperlo, per favore. Non adesso, almeno-

Non poteva certo dire a Cristina che lo aveva appreso dallo sguardo afflitto di Celeste!

Ripensando all'Angelo, Rea si morse rabbiosamente un labbro. Nonostante le sue incalzanti pressioni, Celeste si era rifiutata categoricamente di aprire bocca.

-"C'è un tempo per ogni cosa"- si era limitata a citare dalla Bibbia.- "C'è un tempo per parlare... e uno per tacere!"-

Rea l'aveva pregata, supplicata, minacciata addirittura; ma Celeste si era mostrata irremovibile ed era svanita nel nulla, portandosi via con sé i suoi segreti.

Comunque Cristina parve accontentarsi della risposta di Rea e non cercò d'indagare oltre.

Finalmente apparve il cartello che segnalava l'uscita che dovevano prendere e Cristina abbandonò l'autostrada per immettersi nel traffico infernale del venerdì sera, riuscendo comunque a destreggiarvisi con una discreta abilità.

Dopo un tempo che era parso ad entrambe interminabile, raggiunsero finalmente la villa.

Rea non attese nemmeno che Cristina parcheggiasse: appena giunte in prossimità della casa, saltò giù dall'auto ancora in movimento, e si precipitò verso la porta d'ingresso, con la chiave già estratta dalla borsetta che portava a tracolla. Pregò che Jenny, se davvero era in casa e stava male, non si fosse chiusa dentro col chiavistello, abitudine che aveva assunto regolarmente dopo l'incursione di O'Grady.

Constatò con sollievo che la porta era chiusa semplicemente a chiave.

-Ti ringrazio, Signore!- mormorò.

Spalancò la porta, che proiettò un rettangolo di luce sul pavimento dell'atrio, immerso nel buio più completo. Quindi entrò e allungò il braccio in cerca dell'interruttore della luce.

La stanza s'illuminò, e apparve la mobilia che Rea ben conosceva, ma nessun essere umano.

-Jenny, sei in casa?!?- chiamò a voce alta.

Nessuna risposta.

Cristina la raggiunse, e si mise a chiamare a gran voce anche lei.

Ispezionarono una per una tutte le stanze del pianterreno, accendendo tutte le luci, ma di Jenny non v'era alcuna traccia. Poi, Rea notò casualmente una valigetta portadocumenti a lei familiare, con una "J" stampata sulla parte superiore, abbandonata in un angolo, e un'ispirazione improvvisa la spinse a correre al piano di sopra, per controllare anche nel bagno e nelle rispettive camere da letto.

Cristina, che stava salendo le scale dietro di lei, la vide spalancare per prima la porta della camera di Jenny, per poi soffermarsi, sgomenta, sulla soglia.

Quando la raggiunse, trovò Rea che teneva gli occhi fissi in direzione del letto, attonita.

Seguendo la traiettoria del suo sguardo, Cristina trasalì, di fronte alla scena che le si presentò davanti.

V'era un'atmosfera inquietante, quasi spettrale, che aleggiava in quella stanza e Rea ne era stata pervasa fin dal primo momento. Jenny era sdraiata sul letto, con indosso una camicia da notte bianca come la coperta sulla quale era adagiata. Aveva gli occhi chiusi e teneva le mani giunte, come se stesse pregando.

Apparentemente, sembrava che stesse semplicemente dormendo e forse, se Rea non avesse già saputo cosa attendersi, avrebbe anche potuto illudersi che così fosse realmente. Eppure, qualcosa le fece intuire subito che c'era un che d'innaturale in quel sonno, anche se di primo acchito non non avrebbe saputo spiegare nemmeno lei di cosa si trattasse.

Si riebbe in fretta dal suo momento di sconcerto: entrò svelta nella camera e notò immediatamente, sul comodino, una bottiglia d'acqua piena per tre quarti, un bicchiere quasi vuoto e, accanto ad esso, un flaconcino di sonniferi, aperto e rovesciato. Era il medesimo flaconcino che aveva preso lei stessa in mano giusto la notte precedente, quando aveva appreso che Andrew non sarebbe più tornato ed era quasi impazzita per il dolore, meditando di compiere un gesto estremo.

Scacciò immediatamente quell'orribile ricordo, scrollando il capo, e si impose di concentrarsi soltanto su Jenny. Quando lo aveva aperto lei, ricordava che il flaconcino era quasi pieno, ma ora vi erano rimaste solo un paio di compresse.

Adesso che si trovava in piedi di fianco a lei, notò chiaramente un intenso livore che si era diffuso sul volto di Jenny, il cui respiro era appena appena percettibile.

Provò a scuoterle il braccio, chiamandola insistentemente per nome, ma la ragazza non si svegliava. E, come se non bastasse, nel toccarla Rea la trovò così gelida che, pur non essendo un medico, le risultò subito evidente che il corpo di Jenny stava rapidamente sprofondando in uno stato di ipotermìa.

Allora, sempre più in preda al panico, Rea le tastò il polso, contando le pulsazioni. Era ancora possibile avvertirle, ma erano estremamente deboli e rallentate, rispetto alla norma.

Stava per dire a Cristina di chiamare immediatamente il 911 ma, quando la cercò, si avvide che la bionda era rimasta paralizzata sulla soglia, tremante e vacillante, sostenendosi allo stipite della porta per riuscire a reggersi in piedi. Sembrava una statua di ghiaccio, incapace di muoversi e di formulare un pensiero razionale.

Rea si precipitò da lei, afferrandola per le spalle e scuotendola vigorosamente.

-Oh, no! Cris! Cris!- gridò, continuando a scuoterla. -Cris, non mi puoi crollare proprio adesso! Devi aiutarmi, non posso fare tutto da sola!-

La voce implorante e al tempo stesso autoritaria di Rea sembrava giungere da una distanza lontanissima alla mente di Cristina, come se si fossero trovate sulle due rive opposte di un fiume. Constatando che né le sue parole né le scrollate riuscivano a ridestare l'altra dal suo intontimento, Rea si trovò costretta a ricorrere a metodi assai più drastici.

-Scusami, Cris- disse all'amica, mentre afferrava la bottiglia d'acqua che si trovava sul comodino e ne versava il contenuto nel bicchiere, riempiendolo tanto da farlo quasi traboccare.

-Ma non so davvero che altro fare, con te!- esclamò, rovesciandoglielo tutto quanto, di getto, sulla faccia. La doccia inattesa ebbe l'effetto di una violenta scossa elettrica, ridestando di colpo Cristina, che prese a sbattere ripetutamente le palpebre e a sputacchiare.

-Oh, mio Dio!- gemette.

Rea, intanto, le porse un asciugamano che aveva preso dalla cassettiera. Cristina si asciugò il volto grondante, si frizionò i capelli bagnati e si tamponò gli spruzzi sulla parte superiore del vestito.

-Era...era davvero necessario?- si lagnò.

-Fidati, lo era- rispose Rea. -Adesso, però, non c'è altro tempo da perdere. Bisogna chiamare subito il numero di emergenza!-

Si offrì di farlo lei stessa, consigliando a Cristina di scendere a bersi un sorso di brandy per rimettersi completamente dallo choc subito, ma questa rifiutò recisamente.

-No, sto bene adesso!- replicò. Rea le lanciò un'occhiata alquanto scettica.

-Davvero!- insistette Cristina.

E, a riprova delle proprie affermazioni, trasse dalla borsetta il cellulare e si affrettò a comporre il numero.

-Dopo, sarà opportuno telefonare anche a Rossella. E ai genitori di Jenny, ovviamente- le suggerì Rea.

Quest'ultima, intanto, mentre stava coprendo Jenny con una coperta più calda, rifletteva sul fatto di non aver visto nessun Angelo della Morte al suo capezzale e s'illuse che quello fosse un segno positivo.

Se soltanto avesse potuto immaginare...!

Lei e Cristina non se la sentirono di abbandonare l'amica nemmeno mentre attendevano l'arrivo dell'ambulanza e perciò rimasero nella sua camera per tutto il tempo.

Rea si appoggiò con la schiena alla parete, a braccia conserte, vigilando costantemente il corpo esangue che giaceva sul letto.

Cristina, invece, si lasciò cadere sulla sedia della scrivania, evitando deliberatamente di volgere lo sguardo in quella direzione.

-Quando l'ho vista... mi si è gelato letteralmente il sangue nelle vene!- esclamò, stringendosi le braccia attorno al corpo come se avvertisse improvvisamente un gran freddo. -E'...è come una sorella, per me!- aggiunse subito dopo.-E non potrei sopportare, se...!-

-Lo è per tutte noi- disse Rea con voce sommessa, passandole un braccio attorno alle spalle.

L'ambulanza giunse abbastanza in fretta e Jenny venne caricata al suo interno legata supina sulla barella, sotto gli occhi curiosi di alcuni vicini, richiamati dal suono della sirena.

Intanto, un infermiere rivolgeva a Rea e a Cristina le domande di prassi, compilando un modulo, e loro gli mostrarono la boccetta dei sonniferi, spiegandogli dove l'avevano rinvenuta e per quale ragione fosse stata prescritta alla loro amica.

-Non può averle ingerite prima delle sette di questa sera- lo informò Rea, -perché ho passato tutto il pomeriggio in casa e non l'ho sentita rientrare-

-La porteremo immediatamente all'ospedale più vicino- comunicò loro l'infermiere. -Se volete, potete seguirci con la macchina-

Quindi l'ambulanza ripartì, con la sirena nuovamente in funzione.

Le due ragazze salirono in auto e Rea insistette per essere lei a guidare. Cristina le cedette volentieri le chiavi, perché sentiva di non riuscire più a dominarsi.Quando l'altra ebbe avviato l'auto, infatti, Cris si abbandonò contro lo schienale, scoppiando in un pianto irrefrenabile.

CAPITOLO XXII

"Un incontro inaspettato"

I

Fu come se avessero conficcato un pugnale nel petto di Andrew nel momento stesso in cui riconobbe Cristina e Rossella che piangevano e si disperavano, stringendosi l'una all'altra per farsi forza.

Rimase pietrificato, a fissarle con le pupille tremolanti, come due fiammelle sul punto di spegnersi. Era stato urgentemente inviato al Memorial Hospital perché c'era qualcuno che necessitava l'Angelo della Morte ma, stranamente, non gli avevano detto di chi si trattasse.

-Oh, Padre, ti scongiuro!- supplicò con gli occhi rivolti verso l'alto.-Fa che non sia...!-

-Non è lei!- replicò seccamente una voce alle sue spalle. -Si tratta di Jenny, quella con i capelli rossi!-

Quando l'Angelo si voltò, si ritrovò di fronte a Celeste, i cui occhi sprizzavano più lampi di un temporale.

Ma, anche se il suo sguardo era severo e il suo tono di ghiaccio, le sue parole furono come nettare ed ambrosia per lo spirito di Andrew, il cui sguardo, vacuo e vitreo come quello di un cadavere, riacquistò immediatamente la vivacità e la lucentezza del vivente.

-Siamo giunti a questo punto!- tuonò Celeste scandalizzata. -Che ti senti sollevato se una povera ragazza lotta fra la vita e la morte purché non sia "chi-sappiamo-noi"!-

-Io non ho mai detto di essere contento, e non lo sono!- si difese Andrew. -Ma, egoisticamente parlando, mi fa piacere che Morea (il suo nome è questo e non è proibito pronunciarlo) stia bene!-

-Egoisticamente- ripeté Celeste, trastullandosi sulla lingua quella parola. -Perché è proprio di egoismo che si tratta! E non affannarti a cercarla, perché non è qui. Non ancora, almeno- aggiunse.

-Adesso mi fai un torto- la accusò Andrew. -Pensi che non sappia più fare il mio lavoro? Che non sappia più quali siano le mie priorità?-

-In verità, eri stato "richiamato" proprio per questo...- puntualizzò Celeste.

Vedendo che Andrew stava per protestare, lo bloccò con un brusco gesto della mano.

-Adesso non c'è tempo per discutere di queste faccende- replicò con espressione grave. -Là dentro c'è una ragazza che, temo, al più presto necessiti della tua assistenza! -

Gli indicò la stanza contrassegnata dal numero 9, proprio fuori della quale si trovavano Rossella e Cristina, con indosso degli abiti alquanto sgargianti e vistosi che stonavano in quel luogo. Ma d'altra parte, era successo tutto così repentinamente che non avevano avuto il tempo per cambiarsi.

Nonostante ciò che aveva appena ribadito a Celeste, una parte di Andrew, mentre percorreva il lungo corridoio, bramava ardentemente di sentire lo scalpiccìo di passi che sopraggiungevano e una voce a lui ben nota chiedere notizie sulle condizioni dell'amica ricoverata. "Ma non c'è tempo per questo, adesso!" si disse, mentre attraversava la porta della stanza numero 9 e scompariva al suo interno.

Soddisfatta, Celeste se ne andò, perché altre persone in quell'ospedale necessitavano che un Angelo vegliasse su di loro.

Un attimo dopo, una eco di passi affrettati risuonò nei corridoi vuoti.

Rossella e Cristina videro Rea che si guardava attorno smarrita, come se si fosse persa, e richiamarono la sua attenzione gesticolando.

Appena le scorse, Rea si precipitò loro incontro. Anche lei aveva ancora addosso l'abito da sera.

Mentre si trovavano al pronto soccorso, dove a Jenny era stata eseguita la lavanda gastrica, la ragazza era uscita all' aperto per telefonare alla madre di Jenny, perché all'interno dell'edificio non c'era campo. Aveva aggiornato la signora Bantry, che si stava precipitando lì dalla campagna, sulle condizioni della figlia, ma quando era rientrata non aveva più trovato le sue amiche.

Un infermiere l'aveva informata che Jenny era stata trasferita nel reparto di cardiologia e c'era voluto un po' di tempo a Rea per orientarsi e rintracciare finalmente le altre due.

-Allora?- domandò.

Cristina si asciugò gli occhi gonfi col dorso della mano e diede una scrollata di spalle.

-Il medico di turno ci ha spiegato che dipende tutto dal cuore- rispose.- Sembra sia stato gravemente compromesso da tutti quei sonniferi che Jenny ha ingerito. Ma, quando gli abbiamo chiesto di essere un po' più preciso, si è mostrato molto evasivo e ha affermato che doveva occuparsi anche di altri casi di emergenza-

-Vorrei davvero capire come è successo!- intervenne Rossella, asciugandosi a sua volta gli occhi umidi con un fazzolettino che teneva nella borsetta. Aveva il trucco tutto sbavato e parlava con voce nasale, per via del pianto dirotto al quale aveva dato libero sfogo nell'ultima mezz'ora.

-L'ipotesi più plausibile è che fosse molto più agitata del solito. Probabilmente si dev'essere messa a letto per cercare di dormire, visto che l'avete trovata con indosso la camicia da notte. Ma forse non ci riusciva e così, a quanto pare, deve aver iniziato a ingurgitare compresse senza rendersi conto che stava superando la dose massima-

-"Probabilmente"? "A quanto pare"?!?- ripeté Rea in tono irruento. -Si direbbe che tu sia convinta che non sia stato un vero incidente!-

-Non ho mai detto una cosa simile!- replicò Rossella, indignata. -Certo che è stato un incidente! A Jenny non sarebbe mai venuto in mente di...!-

-Abbassate la voce, o ci cacceranno via!- supplicò Cristina. -Rea diceva così perché è sconvolta anche lei, ma non è davvero il momento di mettersi a litigare fra di noi-

-Cris ha ragione- ammise Rossella. -Scusami, Rea. Non dovevo reagire così-

-E io non dovevo aggredirti a quel modo- si scusò a sua volta Rea.

Si abbracciarono, ma vennero interrotte da uno studiato colpo di tosse.

Si trattava di un'infermiera piuttosto robusta, con le sopracciglia cespugliose, che le squadrò tutte e tre con estrema curiosità dato il loro abbigliamento.

-Questo è il reparto di cardiologia- le informò con la sua voce gracchiante. -C'è una sala d'aspetto, là in fondo...-

-Veramente si tratta di una nostra amica!- la interruppe Cristina, quasi implorandola. -Le hanno fatto una lavanda gastrica al pronto soccorso e poi l'hanno portata qui, per monitorarle il battito, e noi volevamo...-

All'infermiera non piacque affatto l'essere stata interrotta.

Aggrottò le sopracciglia così tanto che si congiunsero sulla sommità del naso.

-Per cortesia, lasciate subito libero questo corridoio e andate a sedervi in sala d'aspetto!- intimò, con lo stesso tono col quale il generale Patton avrebbe ordinato alle sue truppe l' "avanti-marsch!"

-Tanto più che non siete nemmeno dei familiari!- aggiunse.

Rea stava per replicare qualcosa, ma le altre, che conoscevano bene la sua impulsività, scossero decisamente il capo. Perciò tacque, ma lanciò all'infermiera-generalessa uno sguardo minaccioso, da soldato pronto alla diserzione.

Quindi si avviarono docilmente tutte e tre nella direzione che era stata loro indicata, dando un'ultima occhiata alla porta dietro la quale giaceva Jenny.

-Vi faremo sapere qualcosa della vostra amica appena possibile- le congedò l'infermiera, sfoderando il tono più professionale che le riuscì di assumere.

"Come no!" pensò Rea. "Ma se non ci ha nemmeno chiesto come si chiama!"

C'erano altre persone nella sala d'aspetto, ma Cristina e Rossella le degnarono appena di un'occhiata. Si sedettero l'una accanto all'altra, in silenzio.

-Ho visto un distributore di bevande, arrivando- disse Rea, che era rimasta in piedi. -Volete qualcosa?-

Le altre scossero il capo.

-Io, invece, del thè lo gradirei volentieri- affermò Rea. -Faccio una scappata e torno!-.

Le due bionde erano troppo affrante e pensierose per notare il luccichìo malizioso che brillava negli occhi di Rea. Non aveva mai avuto intenzione di andare a prendersi un thé, esattamente come non aveva mai avuto intenzione di sedersi arrendevolmente in sala d'aspetto.

Non appena si ritrovò sola nel corridoio, percorse a ritroso la strada che conduceva alla stanza di Jenny. Quindi, dopo essersi assicurata che nessuno la vedesse, aprì la porta e sgattaiolò all'interno.

II

Non appena ebbe messo piede nella stanza, Rea venne abbagliata da una luce sfolgorante.

Una figura alta e slanciata, che voltava le spalle all'ingresso, sosteneva la mano piccola e inerte di Jenny, il cui corpicino esile s'intuiva sotto le lenzuola bianche come il suo visino scavato, in netto contrasto coi riflessi color fiamma dei suoi capelli, sparsi disordinatamente sul cuscino di gommapiuma.

Andrew le stava parlando, proprio come lo aveva visto fare Rea col corpo esanime di Sandra in quel vicolo, e il rumore della porta che si apriva e richiudeva, con un colpo secco, non interruppe minimamente la sua concentrazione, poiché l'Angelo credette che si trattasse di qualche infermiera che ovviamente non poteva vederlo.

Ma, subitaneamente, un gemito acuto ferì i suoi sensi sovrannaturali.

-Oh, bontà divina! Andrew!-

Andrew spalancò gli occhi e rimase immobile.

Non osava voltarsi per non fare la fine di Orfeo, che perdette Euridice per la troppa struggente bramosia di assicurarsi che vi fosse davvero l'amata, dietro di lui.

Ma, dopo aver adagiato gentilmente la mano di Jenny sul letto, lentamente girò su se stesso.

No, i suoi occhi non lo stavano ingannando: la sua Morea era davvero lì, di fronte a lui!

-Oddio! Sei tu! Sei proprio tu!- gridò.

La sua luce svanì ed egli assunse sembianze umane, correndole incontro.

Morea gli gettò le braccia al collo e lo baciò, e lo baciò, e lo baciò.

Sulla fronte, sulle guance, sulle labbra, ovunque! La sua foga era incontenibile, quasi volesse recuperare in pochi attimi tutte le effusioni che le erano state negate in giorni e giorni di lontananza. E, per ogni suo bacio, Andrew gliene restituiva altrettanti, facendola volteggiare per la stanza.

Quando si furono saziati a sufficienza, l'Angelo la strinse così forte da impedirle quasi di respirare e Rea lasciò ricadere la testa sulla spalla di lui.

-Siamo condannati ad incontrarci sempre in situazioni drammatiche!- osservò lei, indugiando nell'abbraccio il più a lungo possibile.

Poi sollevò di nuovo il viso e ritrovò gli occhi verdi che aveva sognato ogni notte.

-Come...come sta?- gli chiese. Era una domanda abbastanza sciocca visto chi era lui e cosa ci faceva lì, ma Rea non seppe esimersi dal porla.

Andrew non ebbe il coraggio di aprire bocca, ma la sua espressione fu più che eloquente.

-Oh, no!- esclamò lei e, sciogliendosi dall'abbraccio, si avvicinò al letto.

I suoi occhi si posarono sul volto emaciato di Jenny, che la sorprese per la sua apparente serenità, come se fosse semplicemente caduta vittima della malattia del sonno e ora giacesse tranquillamente fra le braccia di Morfeo.

Le narici inspiravano l'aria e la bocca la liberava, in un perpetuo ed involontario processo che segnalava che la minuta creatura faceva ancora parte del loro mondo, almeno per ora. Rea era così assorta che sussultò, quando avvertì il torace di Andrew premere contro la sua schiena e le sue braccia vigorose stringerla all'altezza della vita.

-Lo sai come vanno queste cose- le sussurrò dolcemente nell'orecchio.-E' sempre possibile che...-

-E' sempre possibile, che cosa? Che avvenga un miracolo?- domandò Rea in tono scettico, irrigidendosi.

-E perché non dovrebbe?- ribadì Andrew sorridendo. -Non è forse un miracolo, che tu sia qui fra le mie braccia, adesso?-

-Credevo...Credevo che non ti avrei rivisto mai più!- sospirò Rea, accostando il viso a quello di lui.

-E così doveva essere, infatti- confermò gravemente Andrew. -Anzi, così è ancora!- si corresse. -Mi è stato detto che non dovevo vederti, avvicinarti, parlarti. Mai più!-

"Di nuovo questi due avverbi! - pensò Rea, affranta. "Suonano proprio come il gracchiare di un corvo!"

-Ma, nella mia testa, continuavo a immaginare questo preciso momento- continuò Andrew. -Avevo ricostruito ogni più piccolo dettaglio: cosa avrei detto io, cosa avresti detto tu... Ma non mi sarei davvero aspettato che dovesse accadere proprio in questo posto e in queste circostanze!-

Rea annuì, con profonda amarezza.

Erano entrambi consapevoli di ciò che doveva inevitabilmente succedere a questo punto, come se fossero stati costretti a recitare, controvoglia, un copione scritto per loro da altri. Decisero che doveva avvenire in silenzio, senza lacrime o frasi strazianti.

Andrew le depose un bacio sofferente sulla tempia e poi, con estrema riluttanza, si staccò da lei. Rea si sentì già orfana del suo contatto, ma comprendeva: adesso era Jenny quella che aveva più bisogno di lui ed era giusto che l'Angelo si dedicasse completamente a lei, senza distrazioni.

Quindi uscì e si richiuse la porta alle spalle, ma non riuscì ad andarsene via subito. Rimase per un tempo imprecisato con la schiena appoggiata contro lo stipite, respirando affannosamente per l'intensità dei sentimenti che si dibattevano dentro di lei, ignara di essere osservata.

Qualcuno infatti, abbastanza lontano da non essere visto, studiava attentamente ogni suo gesto; e quando finalmente Rea trovò il coraggio di allontanarsi, due occhi la seguirono rassegnati, finché non scomparve.

CAPITOLO XXIII

"I genitori di Jenny"

Morea era rimasta molto più impressionata di quanto avesse voluto palesare alla vista di Jenny stesa in quel letto d'ospedale, mentre il suo cuore lottava per battere ancora e ancora.

Se la notte precedente Celeste non l'avesse ricondotta alla lucidità, adesso avrebbe potuto esserci lei, su quello stesso letto, e Andrew (se Dio le avesse concesso almeno in quell'occasione di averlo accanto a sé) avrebbe tenuto la sua di mano.

Riusciva persino a immaginarselo, mentre gliela stringeva con forza, quasi volesse trattenere assieme ad essa anche il suo spirito per impedirgli di abbandonare il corpo. E, nel frattempo, gliela ricopriva di baci forsennati e di lacrime brucianti. Proprio lui, che era contravvenuto alle regole che lo vincolavano per ben due volte, affinché lei potessee sopravvivere!

Provò una specie di gioia selvaggia (e forse anche un po' colpevole, data la situazione) al pensiero di essere viva e di avere potuto assaporare ancora una volta i baci e gli abbracci del suo Angelo; anche se temeva che non avrebbe più avuto un'altra occasione di rivederlo, dopo quel breve e inaspettato incontro.

Sospirò profondamente.

"Oh, Signore!" pensò. "E' già straziante, per me, accettare che se ne debba andare via lui! Fa' almeno che se ne vada via da solo, senza portare la povera Jenny con sé!"

-Oh, Rea! Eccoti qua, finalmente!- esclamò una voce.

Morea non ebbe neppure il tempo di varcare la soglia della sala d'aspetto, che qualcuno le si gettò subito addosso con l'irruenza di un uragano, stringendola in un abbraccio portentoso e schioccandole un bacio su ciacuna guancia.

Era Mrs Bantry, la madre di Jenny, come la ragazza aveva già intuito dal tipico abbraccio a tenaglia. Era una donna alta e massiccia, con una capigliatura dai riflessi ancora più accesi di quelli della figlia, nella quale s'erano insinuate, con l'età, delle striature di grigio, che tuttavia Mrs Bantry non si curava di ritoccare con alcuna tintura. Il suo abbigliamento, semplice ed austero, sembrava più adeguato alla direttrice di un collegio che ad una madre di famiglia, e l'unico vezzo che si concedeva era di portare al collo un filo di perle.

Oltre la sua spalla, Rea incrociò lo sguardo risentito di Rossella, la quale le indicò il quadrante dell'orologio appeso ad una delle pareti e poi sollevò le sopracciglia interrogativamente.

Rea diede uno sguardo alle lancette e trasalì, realizzando di essere stata via per un tempo assai più lungo di quanto avesse creduto.

Doveva avere smarrito completamente la cognizione del tempo, mentre era fra le braccia del suo Andrew!

Fece segno a Rossella che le spiegazioni avrebbero dovuto attendere un momento più propizio e si dedicò interamente ad Eloise Bantry.

Costei era già, in condizioni normali, l'incarnazione della madre ansiosa, apprensiva ed iperprotettiva; ma quella notte Rea la vide raggiungere il culmine dell'isterismo materno.

-Oh, Rea!- gemette la donna, accasciandosi su una sedia. -Ho quasi avuto un colpo apoplettico, lungo il tragitto! Non puoi neanche immaginare...!-

La ragazza le si sedette accanto, posandole una mano sul braccio, che Eloise afferrò e strinse con gratitudine. Provava affetto per tutte e tre le coinquiline della figlia, ma aveva un evidente debole per Rea. Anni addietro, infatti, quest'ultima le aveva raccontato di non avere mai conosciuto i suoi genitori e di essere cresciuta, assieme ai fratelli, presso una zia. Eloise Bantry si era così commossa nell'ascoltare quella triste storia, che da allora aveva iniziato a riservare a Rea tutte le attenzioni degne di una figlia adottiva.

Cominciò a raccontarle tutto ciò che era accaduto da quando avevano ricevuto la telefonata di Cristina (che aveva strappato ai coniugi Bantry almeno dieci anni di vita a testa) fino al loro arrivo al Memorial Hospital, senza tralasciare nemmeno un dettaglio dello spaventoso viaggio dalla campagna all'inferno cittadino del venerdì sera, che era costato loro ben due ore a bordo della loro giardinetta, ogni secondo delle quali era stato scandito dal terrore di giungere quando era ormai troppo tardi.

Rea annuiva cortesemente col capo, simulando di stare seguendo attentamente tutto il racconto.

In realtà, Eloise, nel tentativo di scaricare tutta la tensione che aveva accumulata, non faceva che parlare a raffica, senza nemmeno concedersi una pausa per riempire d'aria i suoi capienti polmoni, e perciò la ragazza riuscì a stento ad afferrare una parola ogni dieci di quell'autentica mitragliata verbale. Per di più, Mrs Bantry era così in preda all'ansia da non riuscire a stare ferma un secondo e, mentre parlava e parlava e parlava, si alzò, si sedette, si rialzò, fece il giro della stanza e si sedette nuovamente, rendendo ancora più ardua l'impresa di prestarle attenzione.

Rossella e Cristina, intanto, bisbigliavano concitatamente fra loro, senza badare alla narrazione, di cui evidentemente avevano già beneficiato durante la prolungata assenza della loro amica.

In un momento in cui Mrs Bantry si era alzata, voltandole le spalle, Rea aveva distolto momentaneamente lo sguardo dalla propria interlocutrice e lo aveva posato sul padre di Jenny, il quale sedeva taciturno in un angolo, con la fronte aggrottata. Aveva i capelli completamente bianchi e un'aria molto distinta, che aveva sempre ricordato a Rea uno di quei colonnelli in congedo di cui aveva letto tanto spesso nei romanzi ottocenteschi.

A differenza della moglie, era un uomo assai introverso e riservato, per nulla incline ad esternare i propri sentimenti. Tuttavia, a Rea non sfuggì l'angoscia che gli adombrava gli occhi, disegnando due ombre nere sulle sue gote.

Accorgendosi di essere osservato, Mr Bantry fece un breve cenno col capo nella direzione di Rea, la quale ricambiò con un mesto sorriso. Terminato quel silenzioso scambio di convenevoli, il signor Bantry si dissociò nuovamente dal mondo che lo circondava, riabbassò lo sguardo fino ad incontrare le mattonelle bianche e nere del pavimento e recuperò il filo delle proprie meditazioni, che, date le circostanze, dovevano essere decisamente cupe.

Ogni tanto la moglie lo chiamava in causa con frasi del tipo:-Non è vero, Henry?- ed egli allora pareva risvegliarsi come da un letargo, si affrettava ad annuire a qualsiasi cosa avesse appena affermato Eloise e poi si rituffava nel proprio torpore.

Quando Rea sollevò nuovamente lo sguardo verso l'orologio a muro si accorse che un'altra ora di quell'interminabile attesa era già trascorsa e che il suo corpo incominciava a subirne inevitabilmente gli effetti. Iniziò, dapprincipio, a sbattere le palpebre con maggior frequenza, sforzandosi tuttavia di tenere gli occhi bene aperti e puntati su Mrs Bantry.

Ma, pian piano, la voce di costei divenne sempre più simile ad un incessante brusìo, che cullava la mente di Rea in quel princìpio di sonnolenza. La ragazza non seppe trattenere uno sbadiglio, che si affrettò a coprire con la mano e, guardandosi attorno, notò che anche gli altri stavano dando segni di cedimento.

Rossella si era lasciata scivolare in avanti sulla sedia, con la testa contro lo schienale, mentre Cristina le aveva posato la propria su una spalla. Mr Bantry cercava di tenersi desto sfogliando delle riviste ma, dopo avervi dato appena una rapida scorsa, le accantonava inesorabilmente una dopo l'altra, accatastandole sul tavolino da cui le aveva prese. Persino Mrs Bantry finì col perdere la propria loquacità, inserendo intervalli sempre più lunghi tra una frase e l'altra.

Sembrava che avessero respirato tutti quanti gli effluvi dei papaveri soporiferi, come accadeva a Dorothy ne "*Il mago di Oz*".

Tuttavia quell'apatìa generale era solo temporanea, perché un autentico terremoto stava per scuoterli tutti quanti e fu proprio Rea ad avvertire la prima scossa.

La sua mente intontita registrò improvvisamente un certo movimento frenetico nel corridoio, che risvegliò i suoi sensi assopiti e la indusse a drizzarsi sulla sedia, insospettita.

Pochi istanti dopo, un uomo in camice bianco, presumibilmente il medico di turno, si affacciò sulla soglia.

-Scusatemi ... I signori Bantry?- chiamò.

Gli interpellati si alzarono in piedi, scambiandosi uno sguardo smarrito e preoccupato allo stesso tempo.

Il medico li invitò a seguirlo fuori dalla sala d'aspetto e, mentre obbedivano, la mano di Mrs Bantry cercò quella del marito, stringendola convulsamente.

Non appena Henry ed Eloise furono usciti, un silenzio opprimente calò nella stanza. Rea, Rossella e Cristina si fissavano l'una con l'altra, rese inquiete dall'espressione torva del dottore, che pareva foriera di tutto tranne che di buone novelle. Rea, che era la più vicina alla porta, si alzò in piedi e, fingendo di sgranchirsi le membra anchilosate per il fatto di essere stata seduta così a lungo, si avvicinò allo stipite quel tanto che bastava per spiare quanto stava accadendo fuori, nel corridoio.

Non riusciva a sentire cosa dicessero da quella distanza, ma, dopo che il dottore ebbe comunicato qualcosa ai genitori di Jenny, vide chiaramente Eloise Bantry accasciarsi a terra, coprendosi la bocca con una mano per soffocare un grido.

Morea sussultò dopo avere assistito a quella scena e un orribile pensiero si annidò nei recessi della sua mente, mentre il suo sguardo rimase a lungo sospeso nel vuoto, fisso e sgomento.

Aveva il terrore di veder comparire, da un momento all'altro, Andrew che teneva per mano lo spirito di Jenny, così come da bambina aveva visto quell'Angelo della Morte che portava via Sissy, senza che a lei restasse altro da fare se non osservare impotente.

CAPITOLO XXIV

"L'assenza di Morea"

Jenny non era morta, ma le sue condizioni erano notevolmente peggiorate.

Andrew era sempre al suo fianco, immobile in mezzo all'andirivieni di infermieri che entravano e uscivano dalla porta. Aveva detto a Rea che un miracolo era sempre possibile, ma più il tempo passava più si convinceva che, presto o tardi, avrebbe dovuto scortare Jenny al cospetto del Padre.

-Non è giusto!- esclamò in un impulso irrefrenabile, volgendo gli occhi verso l'alto. -Oh, Signore! Tu, che conosci il mio cuore anche meglio di me, Tu sai che oramai non mi è più possibile tornare ad essere com'ero una volta, quando ancora non avevo conosciuto quella meravigliosa creatura che Tu hai messo al mondo!-

Gli occhi gli brillavano, mentre l'immagine di Morea appariva nitida nella sua mente.

-Mi sembra incredibile di aver avuto una vita, prima di incontrarla!- proseguì, con tono appassionato. - E invece ho già vissuto per così tanti secoli che mi riesce difficile persino contarli. E altri ancora mi attendono e mi toccherà di viverli tutti quanti con il cuore in frantumi!-

Poi prese la mano di Jenny, che diventava sempre più fredda ogni minuto che passava.

-Mentre qui, invece- riprese con un tono intriso di amarezza, -c'è una ragazza che non ha ancora potuto assaporare il meglio di quello che c'è su questa Terra e che forse non avrà mai l'occasione di farlo. Mi sembra un tale paradosso! Le regalerei volentieri tutto il tempo che ho di fronte a me, se mi fosse possibile!-

Intanto erano entrati nella stanza i genitori, ignari che ci fosse un Angelo a vegliare sulla loro creatura, e Mrs Bantry si era seduta accanto al letto con le lacrime agli occhi. Il marito le teneva una mano sulla spalla per confortarla, ma dalla sua espressione era evidente che anche lui necessitava di qualcuno che lo consolasse.

Poi la porta si aprì nuovamente e fecero capolino Rossella e Cristina, che entrarono quasi in punta di piedi, come se temessero di disturbare.

Il dottor Wallace, il medico che si occupava di Jenny, si era inizialmente mostrato contrario al fatto che così tante persone invadessero la camera di una moribonda (anche se lui aveva accuratamente evitato di adoperare un simile termine) ma, scontrandosi con l'insistenza dei signori Bantry, alla fine aveva allargato le braccia in segno di resa, acconsentendo anche alle ragazze di poter entrare nella stanza.

Cristina si era coperta il volto con le mani non appena aveva visto quel corpo che giaceva inerte, con un tubicino che usciva dal naso e l'ago di una flebo conficcato nel braccio, mentre l'elettrocardiografo proiettava su di un monitor la sua quasi inesistente frequenza cardiaca.

-Oh, Signore! Oh Signore!- aveva iniziato a ripetere, come se stesse recitando una specie di litanìa, tremando tutta dalla testa ai piedi. Rossella l'aveva abbracciata, accarezzandole i capelli, e aveva continuato a ripeterle parole colme di speranza, nelle quali, tuttavia, era lei stessa la prima a non riporre alcuna fiducia.

Andrew, che stava osservando in disparte quel quadro vivente, si era subito accorto che vi era in esso un particolare dissonante : erano tutti presenti ad eccezione di Morea.

Non riusciva assolutamente a spiegarsi la ragione della sua assenza e si mise subito in allarme.

"Forse è semplicemente andata a rinfrescarsi in bagno o a bere qualcosa" pensò, tentando di razionalizzare la propria inquietudine, ma il suo sguardo era fisso sulla porta, in attesa che si aprisse e che Rea facesse finalmente il suo ingresso, dissipando definitivamente ogni suo timore.

In effetti la porta si aprì, ma ad entrare non fu Rea, bensì Celeste (nella sua forma umana, ovviamente).

Indossava una divisa con una targhetta appesa sul petto. Tutti si voltarono a guardarla mentre si avvicinava ad Eloise e ad Henry, compreso Andrew, al quale Celeste, l'unica in grado di vederlo, fece l'occhiolino.

-Io mi chiamo Celeste- si presentò ai signori Bantry,-e sono una specie di volontaria. Aiuto le persone a gestire situazioni drammatiche come la vostra-

Eloise si alzò in piedi e le tese la mano, singhiozzando.

-Lei ha figli?- domandò a Celeste.

-No, non ne ho- rispose l'Angelo.

-Per una madre non c'è niente di più terribile di...di questo!- esclamò la donna, indicando il letto sul quale la figlia era distesa completamente immobile ormai da ore e tutti i macchinari ai quali era collegata. -Ho sempre pensato che un giorno, quando sarebbe venuta la mia ora, alla mia povera Jennifer sarebbe toccato sedere al mio capezzale. Ma mai e poi mai avrei immaginato che potesse verificarsi il contrario! E'...è contro natura!-

-Io la capisco, Mrs Bantry - rispose Celeste. -Eloise...posso chiamarla Eloise?-

Quest'ultima annuì, passandosi una mano sugli occhi che le bruciavano.

-Bene, Eloise- proseguì Celeste. -Io mi rendo perfettamente conto del dolore che provate tu e tuo marito...E sono qui proprio per questo motivo. Non so perché vi sia capitato tutto questo e nemmeno come si risolverà, ma posso dirvi che, ora come ora, l'unica cosa che potete fare per vostra figlia... è pregare per lei. E io pregherò assieme a voi-

-Noi...Noi non siamo molto religiosi- intervenne Henry, con un tono che esprimeva quasi mortificazione per una simile mancanza da parte loro.

-Non sono venuta a fare discorsi sulla religione- gli rispose Celeste. -Sono venuta solo ad invitarvi a mettere la vita di vostra figlia nelle mani del Creatore, e di pregarlo tutti insieme-

-Credo che sia passato molto tempo, dall'ultima volta che ho pregato- ammise Eloise con un certo imbarazzo. -E non saprei davvero da che parte incominciare!-

-Non è una cosa difficile- ribadì Celeste.-E non farà del bene soltanto a Jennifer, ma sarà di giovamento per tutti voi!-

Mentre Celeste stava discorrendo coi genitori di Jenny, Andrew ne approfittò per uscire dalla camera.

Naturalmente Celeste se ne accorse eccome, e gli lanciò persino un'occhiataccia, ma lui la ignorò completamente, assorbito com'era dalle sue elucubrazioni.

"Ma tu guarda che situazione!" pensò Celeste irritata. "Non posso certo piantare di punto in bianco questi due poveretti, che mi sono stati affidati dall'Onnipotente in persona, per mettermi ad inseguire un Angelo disertore! Da quando si è invaghito di quella ragazza, non mi riesce più di capire cosa gli passa per la testa!"

Andrew, nel frattempo, non riusciva a capacitarsi dell'assenza di Morea in un momento tanto critico, e l'unica spiegazione plausibile che riuscì a darsi fu che doveva esserle capitato per forza qualcosa di grave.

Il solo pensiero lo faceva sentire come se il soffitto stesse per crollargli sulla testa e il pavimento franargli sotto i piedi. Sollevò gli occhi verso l'alto, in preda all'ansia.

-Padre- invocò, con tono implorante, -Stamattina...anzi, ieri mattina, visto che ormai è un nuovo giorno, ho provato ad apparirle dall'alto di quel campanile e i miei poteri erano come bloccati. So che mi è stato imposto di non cercare di rivederla, ma non resisto a starmene qui, mentre in questo stesso istante forse lei ha bisogno proprio di me! Forse mi risponderai che hai a disposizione migliaia di altri Angeli e che avresti soltanto da scegliere quale inviarle, se fosse davvero necessario...Ma Sai anche che nessuno di loro la ama quanto la amo io, nessuno di loro può vederla coi miei stessi occhi! Perciò, ti supplico, lascia che io riesca a raggiungerla! Dopo, quando mi sarò finalmente assicurato che sta bene, Ti prometto che ritornerò al mio incarico e rinuncerò per sempre a qualunque altro tentativo di avvicinarla ancora!-

Andrew attendeva impaziente la risposta e, quando finalmente gli giunse, sul suo volto, già risplendente dell'Amore di Dio, si aggiunse un'ulteriore lucentezza forse più profana, ma non per questo meno intensa.

-Grazie!- mormorò, con gli occhi colmi di riconoscenza.

CAPITOLO XXV

"La confessione di Morea"

I

Sono due i luoghi in cui finiscono tutti coloro che sono lacerati da un insopportabile senso di colpa: o il cimitero, se decidono di farsi saltare le cervella, o una chiesa.

Morea, che non era così disperata da scegliere la prima opzione, aveva cercato rifugio nella cappella dell'ospedale e si era seduta su una delle panche di legno, stravolta. La cappella era quasi completamente immersa nell'oscurità, se si escludevano le fiammelle delle candele e dei lumini che ardevano tutt'intorno all'altare, rischiarando il crocifisso e le panche delle prime file.

Rea, che era entrata quasi per caso, si era seduta verso il fondo, dove il fuoco dei lumi faticava ad arrivare, e lì era rimasta. Le sembrava di avere nella testa, al posto dei pensieri, un intero stormo di pipistrelli, che la faceva impazzire con tutto il loro stridere e sbattere di ali.

Quando Andrew si sedette al suo fianco, la ragazza non si accorse subito della sua presenza. Ma, quando sentì la sua mano posarsi sulle sue, che teneva in grembo, la riconobbe immediatamente al tatto e si voltò, ansiosa e trepidante.

Appena si trovò di fronte i suoi occhi, che brillavano più di tutte le fiammelle che li circondavano, si lasciò cadere affranta fra le sue braccia, in lacrime.

Andrew la accolse senza proferire verbo, con la dolorosa consapevolezza che si trattava davvero dell'ultima volta che sentiva quel corpo aderire al suo, dal momento che aveva dato la sua parola. Le passò un braccio attorno alla vita e uno attorno alla testa, accarezzandole i capelli e sussurrandole nell'orecchio di stare tranquilla.

Sembrava che fossero tornati indietro nel tempo, a quella notte in cui l'Angelo aveva fatto visita a Rea in camera sua: anche allora c'era stata solo una tenue luce a rischiararli e anche allora Andrew ricordava di averle lisciato i capelli col palmo della mano. Quasi sorrise, dentro di sé, rammentando com'era fuggito via in quell'occasione, completamente sopraffatto dalla paura soltanto perché Rea lo aveva abbracciato!

Con la sua ingenuità di allora non era riuscito a dare una spiegazione razionale ad un simile impulso; ma, adesso, si rendeva perfettamente conto che era stata l'intensità del suo stesso desiderio a spaventarlo: il desiderio struggente di stringerla a sé, proprio come stava facendo ora.

Rea gli teneva la fronte appoggiata contro il petto e, malgrado tutti i suoi sforzi, non le riusciva di ricacciare indietro le lacrime, che le scendevano copiosamente lungo tutta la linea delle guance. Andrew attese, senza fretta alcuna, che la crisi di Rea andasse lentamente scemando; e, nel frattempo, la cullava con dolcezza, tenendo le labbra premute sulla sommità della sua chioma fluente, che le ricadeva in avanti nascondendole quasi completamente il viso.

Quando finalmente risollevò la testa, Rea provò un forte senso di vergogna per essersi lasciata andare a quello sfogo e voltò la faccia dalla parte opposta rispetto a quella di Andrew, in modo tale che lui non potesse vedere i suoi lineamenti deturpati dal pianto.

-Oh, Andrew!- esclamò. -Due cose mi sono sempre imposta di non fare mai nella mia vita: piangere e fuggire! In quanto al piangere, ultimamente non ho dato una grande prova di fermezza, soprattutto quando ho realizzato che non avresti più fatto parte della mia vita. Ma fuggire ... quello, almeno, potevo dire con fierezza di non averlo mai fatto, fino a mezz'ora fa!-

Andrew avrebbe voluto che si girasse verso di lui, ma non voleva forzarla.

-Da cosa scappavi, esattamente?- le domandò.

Rea esitò prima di rispondere, come se non conoscesse nemmeno lei la vera ragione che l'aveva indotta a cercare asilo proprio in una cappella, con tutti i posti in cui sarebbe potuta andare.

-Scappavo dalla Morte, credo- disse infine, e si stupì lei stessa delle proprie parole.

-Dalla Morte?- ripeté Andrew, fissandola con le spracciglia inarcate.

-Forse sarà meglio che mi spieghi...- disse Rea, rendendosi conto di essere stata un po' criptica nel rispondergli. Mentre rifletteva su come esprimersi più chiaramente, la ragazza si dimenticò di tenere il viso celato nell'ombra ed offrì ad Andrew la possibilità di godere ancora una volta della vista dei suoi occhi, che lo avevano stregato fin dal primo momento che si erano posati su di lui.

-Non ho paura della mia, di morte- precisò Rea, mentre si asciugava il viso con le mani.-Ma non riesco a sopportare di assistere a quella di una persona a cui tengo. Quando ho visto la madre e il padre di Jenny che parlavano col dottore ho subito capito che o era morta, o lo sarebbe stata presto. E ho avuto una specie di visione: un Angelo della Morte che portava via qualcuno, una ragazza. All'inizio, era identica a Jenny, ma poi i tratti del volto sono cambiati e mi è sembrato che assomigliasse a ... ad un'altra persona!-

-A tua sorella Sissy?- indagò Andrew, che aveva iniziato a farsi un quadro preciso di quello che aveva tanto sconvolto la sua Morea.

Sentendo pronunciare quel nome, Rea sussultò violentemente. Poi scosse il capo in segno affermativo.

-Credevo di averlo superato, anche grazie al tuo aiuto... Ma evidentemente non è così, perché al pensiero di rivivere nuovamente quella scena ho voltato le spalle ... e sono corsa via! E mi sono ritrovata qui, dove mi hai scovata tu-

Un pensiero le attraversò fulmineo la mente e Rea si girò di soprassalto, fissando Andrew, stupita ed atterrita al tempo stesso:

-A proposito, ma tu non dovresti essere...? Non dirmi che l'hai già...!-

L'Angelo le rivolse uno sguardo rassicurante, prendendole la mano e intrecciando le proprie dita con le sue.

-Non ho ancora portato Jenny da nessuna parte- le rispose.-Per adesso-

Il modo con cui aveva sottolineato quel "per adesso" fece intuire a Rea che la nube nera che incombeva su Jenny non si era ancora dissipata.

-Il fatto è- proseguì Andrew, -che mi piace terminare tutto quello che inizio. Il Padre mi aveva inviato da te perché sapeva che avevi bisogno di un Angelo che ti aiutasse a sconfiggere il senso di colpa che ti stava divorando dentro fin da quando eri bambina. Questo sarebbe dovuto essere il disegno originario. Ma, nell'attimo preciso in cui ti ho vista...!-

Gli occhi di Andrew si accesero di una tonalità di verde ancora più brillante, rischiarati dall'incendio che prese a divampare dentro di lui nel rivivere l'emozione della prima volta in cui aveva percepito in sé l'amore nascente per Morea.

-Non credo che ci sia bisogno che ti spieghi a cosa mi riferisco!- esclamò, mentre un sorriso gli aleggiava sul volto.

Rea si sentì avvampare dello stesso calore, mentre il suo sguardo si perdeva irrimediabilmente in quello di lui. Le sue labbra si dischiusero in un sorriso complice:-No, non ce n'è bisogno!- convenne.

Poi Andrew allungò la mano che aveva libera, mentre nell'altra teneva ancora saldamente quella di Rea, e fece scorrere i polpastrelli lungo tutta la sua guancia, ancora umida di pianto, osservando compiaciuto l'effetto che riusciva ogni volta a suscitare in lei semplicemente toccandola.

-Non mi pentirò mai di quello che ci è successo!-dichiarò.-Ma, da quel momento in poi, devo ammettere che ho smesso di pensare e agire come un Angelo, lasciandomi trasportare solo dai miei sentimenti, e così ho dovuto andarmene via senza aver portato a termine il mio incarico. Adesso, però, sono qui perché intendo concludere il compito che mi era stato assegnato. Voglio dimostrare che Dio non ha commesso alcun errore quando ha scelto me come tuo Angelo!-

-Però, tu mi devi raccontare tutta la verità, questa volta- aggiunse subito dopo.

Morea provò l'impulso di sciogliere la mano da quella di Andrew e di fuggire via di nuovo.

Lui se ne accorse e gliela lasciò libera.

-Non posso costringerti- disse. -Ma, pensaci bene: sei stata tu, di tua spontanea volontà, ad entrare qui dentro, in un luogo dove solitamente si viene per parlare con Dio. Magari per chiedergli perdono!-

Rea alzò istintivamente gli occhi verso il crocifisso:-E' vero- ammise. -Ma ho paura di quello che potresti pensare di me, se ti raccontassi quello che ho fatto. Non riuscirei a sopportarlo, se tu mi ritenessi immeritevole del tuo amore!-

-Oh, Morea!- esclamò Andrew, che in uno slancio irrefrenabile le passò una mano attorno alle spalle, baciandola con fervore sulla tempia. -Io ho sempre saputo che sei un essere umano. Meraviglioso, incredibile, sorprendente!, ma pur sempre un essere umano. E non mi sono certo innamorato di te perché ritenevo che tu fossi perfetta!-

Le sollevò il mento col pollice, inducendola a volgere nuovamente lo sguardo verso di lui:-Sarebbe un amore ben misero, il mio, se fosse sufficiente una tua colpa a sopprimerlo!-

Rea distolse lo sguardo e si rivolse al crocifisso:-Colpa!- ripeté con enfasi. -E' esattamente di questo, che si tratta! E non esiste colpa più grave dell'aver causato la morte di qualcuno!-

Andrew la fissò esterrefatto:-Ma di cosa stai parlando, Morea?!?-

Quell'orribile ricordo, che Rea credeva di avere seppellito come un cadavere nel profondo della sua anima, iniziò improvvisamente a scalciare, a dibattersi, a raschiare, nel tentativo di uscire dal sepolcro nel quale era stato rinchiuso così a lungo. La ragazza sentì che era arrivato il momento di scoperchiare quella bara e di confessare tutta la propria responsabilità.

-Ti ho già raccontato com'è morta Sissy- disse rivolta ad Andrew, ma senza osare guardarlo in faccia.

Questi annuì:-Mi hai detto che è stato un incidente, che tua sorella stava calandosi dalla grondaia per scappare di casa ed è caduta, battendo la testa-

-Sì, è così che è successo- confermò Rea con uno sguardo tetro. -Ma non ti ho detto che è stato per causa mia che tutto ha avuto inizio!-

Trasse un respiro profondo.

- Io e Sissy litigavamo sempre furiosamente e quel giorno non fece eccezione. Io le dissi che la odiavo, come ti ho già raccontato, ma ho omesso il fatto che ero così traboccante di rancore nei suoi confronti da decidere di vendicarmi di lei una volta per tutte. Vivevamo presso una zia, la zia Mary, e lei non vedeva di buon occhio il ragazzo che Sissy frequentava : lo riteneva un poco di buono, e in effetti non si sbagliava, visto che attualmente è ospite fisso del penitenziario della zona. Le aveva proibito di vederlo, ma io sapevo che s'incontravano di nascosto e, spinta dalla rabbia, andai a riferire tutto alla zia. Così, Sissy venne messa in castigo e le fu vietato categoricamente di uscire dalla sua stanza. Proprio quel pomeriggio aveva un appuntamento con quel ragazzo e fu allora che prese la decisione di scappare dalla finestra. Non era la prima volta che faceva una cosa simile. Io, dal basso, la vidi e le gridai di stare attenta, ma accadde quello di cui sei già al corrente: mentre era aggrappata alla grondaia, mise un piede in fallo e precipitò a terra, battendo la testa e morendo sul colpo!-

Rea s'interruppe per riprendere fiato, mentre fissava il crocifisso con espressione allucinata.

-Certe volte mi sembra di sentire ancora il suo urlo che mi riecheggia nelle orecchie e di vedere le sue pupille spalancate, vuote!- sussurrò, mentre un brivido le precorreva la spina dorsale.

-E dopo, hai visto quell'Angelo della Morte portare via il suo spirito- concluse Andrew. Rea annuì.

-E' stato il mio odio ad ucciderla!- ribadì. -Ma, siccome cercavo qualcuno da incolpare al mio posto, da quel giorno ho iniziato a detestare l'Angelo della Morte, sebbene non mi fosse ben chiaro, a quell'età, chi fosse e perché si portasse via le anime dei defunti-

Andrew era rimasto ad ascoltarla con la massima attenzione, ed ora gli appariva molto più comprensibile l'astio che Rea gli aveva manifestato durante il loro primo incontro, sul luogo di quell'incidente.

-Rea, amore mio...-esordì, cercando di attirarla a sé, ma lei si ritrasse.

-Come puoi chiamarmi ancora "amore mio" dopo quello che ti ho appena rivelato?- chiese Rea, incredula.

-Perché eri solo una bambina- le rispose Andrew- e non ti rendevi conto del male che può scaturire quando si agisce in preda alla rabbia. E' un sentimento terribile, come un vulcano sul punto di eruttare e, se non lo si tiene costantemente sotto controllo, può radere al suolo tutto ciò che c'è di buono in una persona. Ma tu non detestavi veramente tua sorella e non sei responsabile della sua morte. Forse, mentre la collera ribolliva dentro di te, puoi anche averglielo augurato...Ma non lo desideravi davvero. E Dio lo sa-

-Dio lo sa?- ripeté Rea con voce spenta, priva di qualsiasi inflessione.

-Certo che lo sa!- esclamò l'Angelo vivacemente, assumendo un'espressione di intenso fervore.

-Lui Sa che la morte di tua sorella è stato un soltanto un tragico incidente, determinato da un concatenarsi di fattori che nessuno poteva prevedere. E perciò, mi Ha chiesto di dirti che è venuto il momento che tu smetta di colpevolizzare te stessa od altri per qualcosa che non era in tuo potere d'impedire!-

Rea sbatté le palpebre per lo stupore:- Lui ti ha parlato? Proprio adesso?- domandò.

Le labbra di Andrew si allargarono in un sorriso radioso, mentre tendeva nuovamente la mano verso quella di lei. Questa volta Rea non si oppose e gli concesse di afferrare la sua con estrema facilità.

-Certo che mi ha parlato!- asserì Andrew. -E vorrebbe che anche tu Gli parlassi un po' più spesso. Non ti senti un po' meglio, adesso che hai condiviso con Lui (e con me!) quello che ti tormentava tanto?-

Rea si lasciò ricadere all'indietro, contro lo schienale della panca, mentre frugava nella sua mente in cerca della parola appropriata che riuscisse a descrivere ciò che provava in quel momento.

-Mi sento...svuotata!- esclamò infine.

-Non mi stupisce- disse Andrew. -E credo che ti ci vorrà un po' di tempo per metabolizzare tutto quanto. Ma mi piacerebbe anche che mi dicessi che adesso sei pronta a ritornare di sopra, con me, in camera di Jenny. Perché, se lei dovesse davvero andarsene, saresti molto rammaricata di non averle detto addio-

-Addio!- esclamò Rea, rabbrividendo.-Il suono di quella parola è così irrevocabile, così definitivo...! Mi fa venire in mente che, quando tutto si sarà concluso, tu ...-

La mascella le si contrasse in uno spasmo e non le riuscì di finire la frase. Si limitò a gettare le braccia attorno al collo di Andrew, aggrappandosi a lui come se fosse stata sul punto di annegare.

Spinto dal medesimo slancio, anche l'Angelo le si avvinghiò, in un'ultima effusione amorosa.

-Grazie!- gli mormorò Rea nell'orecchio, con la voce che le tremava.

-E di cosa?- domandò lui, con gli occhi offuscati per la commozione.

-Di essere qui e di essere te!- fu la risposta.

CAPITOLO XXVI

"E' giunta la fine?"

I

Andrew indugiò assieme a Morea ancora un ultimo minuto, del quale si sforzò di godere appieno ogni singolo secondo che trascorreva.

Non voleva scalfire in alcun modo quegli ultimi istanti preziosi, nei quali gli era ancora concesso di starle accanto e di poterla toccare; perciò, si impose di non pensare né al tempo impietoso, che rendeva sempre più prossimo il loro distacco definitivo, né alla promessa fatta al Padre, che incombeva su di lui come una spada di Damocle.

Nessun pensiero negativo doveva sciupare quel magico momento: dovevano essere sessanta secondi di felicità assoluta!

Morea sembrava pensarla allo stesso modo, perché non pronunciò una sillaba che potesse intaccare la perfetta armonia dei loro cuori che battevano all'unisono, l'uno contro l'altro.

Poi l'incantesimo si spezzò e ritornarono alla triste realtà.

-Ti voglio vedere, di sopra!- le intimò Andrew, accennando un debole sorriso, che tuttavia si spense subito, come una candela esposta al soffio del vento.

Non sarebbe stata la stessa cosa quando si sarebbero ritrovati nella stanza di Jenny con tutti gli altri, senza potersi sfiorare e lanciandosi tutt'al più qualche occhiata sporadica.

-Ci sarò- rispose Rea, la quale non tentò nemmeno di sorridere mentre lo osservava alzarsi in piedi. Adesso lo avrebbe visto abbandonare il suo corpo umano e ridiventare spirito, per poi dissolversi nel nulla.

Ma l'Angelo, colto da un impulso incontrollabile, non seppe resistere dal dare un ennesimo morso a quel delizioso frutto proibito. Il suo bacio giunse a Rea così inaspettato da farla sussultare, mentre le labbra di Andrew assaggiavano ancora una volta il sapore delle sue. La ragazza chiuse gli occhi, lasciandosi trasportare via come una barchetta di carta in balìa della corrente.

Quando riaprì gli occhi, non c'era più nessun altro, nella cappella semibuia.

II

Prima di abbandonare la cappella, Rea si voltò verso il crocifisso e s'inginocchiò, facendosi il segno della croce.

Era da tempo immemorabile che non compiva più quel gesto sacro, ma le venne così spontaneo che un osservatore esterno non avrebbe mai immaginato che fosse trascorso almeno un decennio, dall'ultima volta che lo aveva fatto.

Quando uscì, di primo acchito la violenza della luce artificiale le ferì gli occhi, ormai avvezzi al buio, e dovette proteggerli schermandoli con un braccio. Ma furono sufficienti pochi istanti affinché la vista le tornasse quella di prima e, mentre saliva di corsa i gradini che conducevano al piano superiore, poté abbassare il braccio senza più temere di venire abbagliata.

Fra poche ore, rifletté, quando i colori tenui dell'alba avrebbero rischiarato il cielo, le lampade da soffitto non sarebbero più state necessarie e le avrebbero spente. Poche ore...!

Si chiese se, per allora, Jenny sarebbe stata ancora in quel luogo in bilico fra la vita e la morte, oppure...

Rea non seppe dare un seguito a quell' "oppure".

Tornata finalmente di sopra, si ritrovò ad affrontare nuovamente lo stesso corridoio in cui era stata assalita da quella spaventosa visione di morte che l'aveva indotta a fuggire. Tuttavia, questa volta lo percorse con determinazione, fino in fondo, finché non raggiunse la stanza numero 9.

Udiva dall'esterno il suono cadenzato di voci che pregavano ed esitò, con la mano stretta intorno alla maniglia. Provava un senso di disagio all'idea di avere puntati addosso gli sguardi di tutti i presenti, come se fosse stata di fronte ad un plotone d'esecuzione, certa di scorgere in ognuno di essi una nota di biasimo nei suoi confronti per il fatto di essersene andata via a quel modo, senza fornire alcuna spiegazione razionale.

Ma, d'altra parte, Andrew aveva ragione: se Jenny fosse davvero spirata, lei avrebbe rimpianto per il resto della vita di non esserle stata accanto nei suoi ultimi istanti su questa Terra, per dirle addio.

-Meglio tardi che mai!- esclamò una voce, interrompendo il corso dei suoi pensieri.

Celeste apparve al suo fianco, nella sua forma umana, sorreggendo un bicchierino di carta che conteneva del thé fumante.

-E tu cosa ci fai qui?- domandò Rea, sorpresa d'incontrarla.

Con la mano libera Celeste le indicò la sua targhetta da volontaria dell'ospedale.

-Sono qui per occuparmi di Eloise e di Henry- spiegò, sospirando con tono afflitto. Non era un'impresa da poco, aiutare una coppia di genitori ad affrontare la possibilità di dover seppellire la propria figlia, e lo era ancora meno convincerli che non si trattava di un castigo divino abbattutosi su di loro.

-Vuoi deciderti, sì o no, ad aprire quella benedetta porta?- sbottò quindi con impazienza. -Non hai idea di quanto scotti questo coso!- esclamò, riferendosi al bicchierino di carta. Rea finalmente si decise a ruotare la maniglia, ed entrarono entrambe.

Il loro ingresso interruppe bruscamente la preghiera collettiva. La scena che le si presentò davanti fu come uno schiaffo in pieno volto, per Rea. Era stata una sciocca ed un'egocentrica, a pensare che a quelle persone potesse importare qualcosa della sua misteriosa sparizione, nonché dei suoi demoni interiori.

Mrs Bantry era seduta accanto al letto, il ritratto della devastazione. Mr Bantry, al suo fianco, aveva la fronte che grondava di sudore, che egli si tamponava di frequente con un fazzoletto; ma non serviva granché, perché l'attimo dopo era nuovamente madida.

Rossella era appoggiata con le braccia alle spondine del letto, dalla parte opposta rispetto ai signori Bantry, col capo chino e i riccioli biondi che le nascondevano gli occhi. Dietro di lei c'era Cristina, accanto alla finestra, in disparte, senza che le fossero rimaste più lacrime da versare.

Sembrarono accorgersi a malapena che Rea ritornata: in cima alla lista dei loro pensieri c'era soltanto Jenny.

-Rea!- esclamò infine Rossella, sollevando appena la testa. -Ero venuta a cercarti, ma non ti ho trovata da nessuna parte!-

-Io...ero nella cappella dell'ospedale- rispose Rea meccanicamente, ma i suoi occhi erano rivolti verso il letto, che dominava la stanza.

-Tu...nella cappella?!?- le fece eco Rossella esterrefatta. Se Rea le avesse detto che era stata sulla Luna, forse l'avrebbe trovato assai meno sorprendente.

Andrew si trovava ritto in mezzo a loro, serio, invisibile a chiunque eccettuate Rea e Celeste.

Quest'ultima si mostrò estremamente soddisfatta, nel constatare che l'Angelo della Morte era finalmente dove si supponeva che dovesse stare. La ragazza, invece, si precipitò verso la figura distesa, protendendosi oltre le spondine del letto.

Forse fu il fatto di vedere Jenny avvolta in quel groviglio di tubicini; o forse fu a causa della luce al neon, che, abbattendosi sul suo già lugubre pallore, aveva creato un sinistro gioco di ombre, accentuando l'incavo violaceo delle occhiaie ed esasperando notevolmente la magrezza spigolosa dei lineamenti. In ogni caso, l'impressione che Rea ne ricevette fu così opprimente da strapparle un' acuta esclamazione di sgomento.

Subito dopo si sentì furiosa con se stessa per non essersi prontamente morsa la lingua, esternando in modo tanto indelicato i suoi pensieri nefasti proprio di fronte alla madre di Jenny. Mrs Bantry prese immediatamente a singhiozzare, ma Celeste le fu subito accanto, pogendole il bicchierino di carta e lanciando a Rea un'occhiataccia.

-Su, Eloise- la sollecitò con ferma delicatezza. -Bevine un sorso. Sono andata a prenderlo apposta per te-

Rea si stupì nel vedere Celeste così materna nei confronti di Eloise, come se si fosse trattato di una bambina ammalata che necessitava di essere persuasa ad assumere la propria medicina. E si stupì ancora di più del fatto che quella donna adulta, moglie e madre, si lasciasse accudire così docilmente da quella che credeva una qualsiasi volontaria dell'ospedale, come se davvero fosse ritornata bambina e quella fosse la sua tata.

Eloise accettò il bicchierino, allungando le sue mani tremanti, ma continuò a singhiozzare ancora a lungo prima di decidersi a sorseggiarlo.

-Il dottor Wallace dice che il sangue che affluisce al cervello sta diminuendo e forse Jennifer cadrà in uno stato di coma irreversibile ... se non si risveglierà al più presto!- spiegò a Rea il padre di Jenny, il quale aveva ormai perso gran parte dell' imperturbabilità che lo aveva sempre caratterizzato.

Rea cercò instintivamente il viso di Andrew, quasi implorandolo con lo sguardo di fare qualcosa, qualsiasi cosa!

Ma, in tutta risposta, egli sollevò l'indice verso l'alto, per farle intendere che ormai la vita di Jenny era esclusivamente nelle mani del Padre.

-Mi dispiace- mormorò. -L'unica cosa che posso dirti è che la morte non è la fine. E' soltanto il passaggio da una vita ad un'altra!-

Rea annuì leggermente col capo, stando attenta a non farsi notare dagli altri, per fargli capire che aveva compreso il suo messaggio.

-Le ho sempre ripetuto di non abusare di tutti quei farmaci!- proruppe improvvisamente Eloise.

-Tutti l'abbiamo sempre rimproverata per questo- convenne Henry, posandole una mano sulla spalla. -Ma ora non ci è di nessun aiuto stare a discuterne. E trovo che siano inutili anche tutte quelle vane, sterili preghiere!- aggiunse.

Era la prima volta che Rea udiva risuonare della collera nella voce di Mr Bantry e ne rimase alquanto colpita.

-Nessuna preghiera è vana, mio caro Henry- intervenne la voce di Celeste, la quale gli batté confidenzialmente un colpetto sulla spalla. -Non se proviene direttamente dal cuore. Certo, se vengono recitate come delle cantilene e senza alcun sentimento, allora le preghiere sono sicuramente "vuote", come dici tu. Ieri pomeriggio stavo dando ad "*una certa ragazza di mia conoscenza*" una specie di lezione di canto- e a questo punto Celeste rivolse a Rea un'occhiata pregna di significato. -Era molto triste e io le ho detto di non trattenere i suoi sentimenti, per quanto dolorosi potessero essere, ma di lasciarli invece scorrere senza freni nella sua musica-

-E' quello che vado sempre ripetendo anch'io- confermò Cristina. -Chi suona il piano sa che non è sufficiente usare le dita, se si vuole raggiungere l'anima di chi ascolta. Bisogna scavare dentro se stessi, in profondità, e far emergere anche i sentimenti più dolorosi. Solo così si può fare della buona musica-

-E quando si prega, funziona esattamente nello stesso modo- confermò Celeste. -Solo che, in questo caso, non si tratta di raggiungere un pubblico, bensì l'Onnipotente in persona, che E' sempre in ascolto di chi Lo invoca con devozione!-

Henry pareva alquanto scettico in proposito, ma si astenne dall'esprimere ad alta voce le proprie considerazioni sull'argomento.

Dal canto suo, Celeste aveva conosciuto, durante la sua lunghissima esistenza, un numero così impressionante di uomini che si erano trovati nella medesima situazione di Henry, da sapere ormai per istinto quando erano o non erano pronti per ascoltare un certo genere di discorsi a proposito di Dio. E adesso, decisamente, lui non lo era; perciò l'Angelo scelse di non insistere, ma di continuare a stare accanto a lui e alla moglie esattamente come voleva da lei il Padre.

Tuttavia, quel paragone fra musica e preghiera aveva ispirato Cristina, la quale si rivolse a Rea in tal modo:

-Perché non canti qualcosa per la nostra Jenny?- la esortò. -Forse la tua musica non si innalzerà fino al Paradiso, ma può sempre darsi che tu riesca a "raggiungere" Jenny, ovunque si trovi in questo momento. Perché io credo che ci sia una parte di lei che è perfettamente cosciente della nostra presenza e che è in grado di sentirci-

-Sì, lo credo anch'io- convenne Rea, incrociando lo sguardo con quello di Andrew.

Allora prese la mano di Jenny fra le proprie, rabbrividendo come se avesse avuto fra le dita un cubetto di ghiaccio, e si schiarì la gola.

Se era davvero arrivato il momento di congedarsi da Jenny, quella canzone sarebbe stato il suo regalo per lei. E sarebbe stato un regalo d'addio anche per Andrew, che fissò intensamente in quegli occhi che, di lì a poco, avrebbe potuto rivedere soltanto nei suoi indelebili, preziosissimi, strazianti ricordi.

Dapprima intonò un canto sommesso, sfiorando appena le note con la sua voce vellutata.

Ma poi, di colpo, fu come se non vi fosse nessun altro nella stanza, a parte Andrew.

Allora la sua voce, che fino ad un attimo prima non era stata altro che un bruco che tentava di liberarsi del suo bozzolo, si trasformò di colpo in una splendida farfalla, fatta di melodia e di parole, che si librava in alto, senza più nulla che la trattenesse al suolo.

Era trascorso molto tempo dall'ultima volta che Andrew aveva ascoltato Rea cantare e trovava la sua voce ancora più incantevole e struggente dell'ultima volta che l'aveva udita, forse perché vi era in essa un'autentica profusione d'amore che le era sempre mancata le altre volte. E, sebbene durante tutta l'esecuzione lui le avesse sorriso con la consueta dolcezza, l'Angelo provò una fitta di dolore che non gli riuscì di nascondere, mentre la melodia lo faceva annaspare nel mare dei ricordi, trascinandolo fino a quel pomeriggio durante il quale aveva accompagnato Rea al pianoforte; quando gli era apparsa così incredibilmente bella da non riuscire a distogliere gli occhi da lei nemmeno per un secondo. "Ed è ancora così!" pensò, con un sospiro.

Lei gli abbozzò un sorriso ma, un attimo dopo, il suo volto si contrasse in un'espressione di terrore e la ragazza indietreggiò.

L'elettrocardiografo emise un odioso fischio prolungato e sul monitor apparve, inecquivocabile, una macabra linea retta: il cuore aveva cessato di pulsare.

Era arrivata dunque la fine!

CAPITOLO XXVII

"Il risveglio"

Rea se n'era accorta prima degli altri, poiché grazie al suo dono aveva potuto vedere coi suoi stessi occhi lo spirito di Jenny che si disgiungeva dal corpo, e ora le stava di fronte, fluttuando nell'aria e guardandosi attorno inconsapevole.

-Oh, no! No!!!- urlò Rea, anticipando col suo grido quello di tutti gli altri. Celeste, nel frattempo, si era precipitata nel corridoio per dare l'allarme.

Rea, invece, corse al fianco di Andrew dall'altra parte del letto e protese istintivamente la mano verso quella di lui, desiderando ardentemente di avvertirne il contatto, ma le sue dita non sfiorarono che l'aria. Perlomeno, notò, non c'erano più segni di sofferenza sul volto evanescente di Jenny e la sua espressione aveva acquisito una serenità che in vita non aveva mai avuto.

Questo fu l'unico motivo di conforto che Rea riuscì a trovare, mentre una pena atroce le dilaniava il cuore. Intanto, lo sguardo di Jenny si soffermava ora sull'amica, ora su Andrew.

-Oh, Rea!- esclamò. -Mi sembra di aver dormito un milione di anni! Ho ascoltato la tua canzone, sai? Non avevi mai cantato così, prima d'ora: la tua voce era così calda, così traboccante d'amore! Mi ha davvero toccato il cuore! -

-E tu, invece, chi sei?- chiese, studiando attentamente la figura di Andrew.

Sembrava incantata dalla sua luce sfavillante, proprio come avrebbe potuto esserlo un bimbo di fronte ad un luccicante albero di Natale.

-Sei un Angelo!- dedusse infine, entusiasta.

-Ho sempre creduto che esistessero gli Angeli e che vegliassero su di noi. Anche se non l'ho mai detto a nessuno, perché temevo che mi prendessero in giro- aggiunse.

"Non si è ancora resa conto di essere morta!" pensò Rea, asciugandosi gli occhi umidi con le nocche delle dita.

-Certo che esistiamo- le disse Andrew, andandole incontro e avvolgendola con la sua luce. -E io mi trovo qui proprio per te, Jennifer Bantry!-

Jenny lo squadrò da capo a piedi, circospetta.

-Eppure...io ti ho già incontrato, prima di oggi!- affermò. -Assomigli tantissimo a...-

S'interruppe, udendo un gemito straziante.

-E' morta! NOSTRA FIGLIA E' MORTA!!!-

Eloise si strinse al marito in un abbraccio disperato e solo allora lo spirito di Jenny sembrò accorgersi di essere circondato da persone in lacrime.

-Ma quelli sono i miei genitori! E ci sono anche Cristina e Rossella!- esclamò sbalordita. -E stanno tutti piangendo...!-

Nel frattempo, la porta era stata spalancata con irruenza, ed un'intera equipe di infermieri, capeggiata dal dottor Wallace, aveva fatto irruzione nella stanza.

-Presto, fatevi da parte!- ordinò il dottor Wallace a chiunque non indossasse una divisa da infermiere. Rea obbedì, accostandosi a ridosso della parete, esattamente come tutti gli altri.

Jenny era inequivocabilmente morta ma, prima di dichiarare ufficialmente l'ora del decesso, il medico volle fare un tentativo col defibrillatore. Pertanto, nel giro di pochi secondi, gli infermieri spogliarono la paziente e le applicarono due elettrodi: uno sotto la clavicola e l'altro sotto l'ascella. Quindi venne inserito lo spinotto e, quando s'illuminò il tasto di shock, l'addetto disse a voce alta:

-Via io, via voi, via tutti!- e si apprestò ad erogare la prima scarica. Il corpicino di Jenny sobbalzò per effetto della corrente elettrica, ma il cuore era ancora fermo.

-Avanti, ragazzina!- la incitava il dottor Wallace. -Torna fra noi!-

-Ma... cosa sta succedendo? Chi sono queste persone?!?- domandò Jenny impaurita, rivolgendosi a Rea.

Poi, quando riconobbe il proprio corpo disteso sul letto, un lampo balenò nel suo sguardo.

-Oh, mio Dio, sono morta!- concluse. Poi si voltò nuovamente verso Rea, osservandola con viva curiosità. -Ma, se sono morta, come mai tu puoi vedermi?-

Rea non sapeva come fare, perché non poteva mettersi a dicorrere con uno spirito di fronte a tutta quella gente.

D'improvviso si verificò qualcosa di assolutamente incredibile : in concomitanza con la seconda scarica del defibrillatore, lo spirito di Jenny sussultò e scomparve per un secondo, per poi riapparire nuovamente. Andrew e Rea si guardarono interdetti, mentre Celeste, che aveva seguito tutta la scena in disparte, pregava il Signore in silenzio.

Alla terza scarica di corrente, sotto gli occhi allibiti di Morea, lo spirito di Jenny venne come risucchiato nel suo vecchio corpo, che aveva abbandonato per pochi minuti, e si udì nuovamente il suono ritmico del suo battito cardiaco, che riecheggiò forte all'interno della stanza.

Sul monitor non c'era più una linea retta, ma una sequenza di linee oscillanti.

Come la principessa di una favola, la Jenny giacente sul letto sollevò lentamente le palpebre, ma la luce accecante la costrinse a richiuderle di nuovo. Tentò anche di muovere le labbra, ma la sua bocca era così arida che non ne uscì alcun suono.

-Mio Dio, è un miracolo!- esclamò il padre di Jenny, passando un braccio attorno alle spalle della moglie, la quale versava ora lacrime di felicità.

"Forse, adesso è pronto per quel discorso sul Padreterno!" sogghignò Celeste fra sé e sé, mentre la bocca le si allargava in un ampio sorriso. Cristina e Rossella erano passate nel giro di pochi secondi da un pianto convulso al riso isterico.

Rea era ancora stordita dal prodigio al quale aveva assistito ma, non appena vide Andrew andarsene, lo inseguì lesta nel corridoio.

-Andrew, aspetta!- lo chiamò, conscia del fatto che non l'avrebbe mai più rivisto, una volta svanito.

Lui si voltò e le sorrise, ma entrambi i loro cuori sanguinavano e Rea comprese che Andrew sarebbe sempre stato questo per lei: una ferita insanabile.

-Cos'è successo là dentro?- gli domandò.

-Hai mai sentito parlare di persone che hanno avuto esperienze di pre-morte?- le chiese lui di rimando.-Ebbene, hai appena assistito in diretta ad uno di questi fenomeni. Anche se noi, in Paradiso, li chiamiamo in un altro modo!- aggiunse.

Erano a pochi passi l'uno dall'altra, ma era come se sul pavimento fosse stata tracciata un'invisibile linea invalicabile, che nessuno dei due poteva oltrepassare.

C'erano almeno un milione di cose che Andrew avrebbe voluto che lei sapesse, ma alla fine disse soltanto:

-Questa volta sarai felice, di vedermi andare via!-

Rea non seppe più trattenere le lacrime.

-Io non sarò mai contenta di vederti andare via, Andrew!- replicò. - E tu lo sai benissimo!-

Andrew provò una stretta al cuore nel vederla soffrire così.

Si voltò di spalle, perché era consapevole che, se avesse indugiato a guardarla anche solo un secondo di più, non sarebbe riuscito a resisterle e avrebbe sicuramente infranto la promessa fatta al Creatore dell'Universo in persona, Colui che aveva reso possibile il miracoloso risveglio di Jenny quando tutto sembrava ormai perduto. Attraverso lo sguardo offuscato dal pianto, Morea lo osservò incamminarsi inesorabilmente lungo il corridoio, svanendo a poco a poco. E, quando infine egli fu scomparso, la ragazza gemette.

Rimase come intontita a fissare il vuoto di fronte a sé, straziata dalla pena, ma con una consapevolezza nel cuore: Andrew amava essere un Angelo del Signore!

Amava aiutare le persone, prendersi cura di loro, e non sarebbe stato giusto da parte sua chiedergli di rinunciare a tutto per stare con lei.

"Già, ma io cosa farò adesso?" si chiese.

Beh, forse avrebbe potuto fare anche lei come Andrew e dedicarsi al suo prossimo.

C'era Jenny, ad esempio, che avrebbe avuto bisogno di tanto affetto durante il periodo della convalescenza. E c'era Amy Madigan, così piena di rabbia per la morte del fratello e della cognata: forse avrebbe potuto farle un colpo di telefono ed invitarla a bere un caffè, per scambiare due chiacchiere a proposito di Brian e Sandra.

Questo le fece venire in mente che ci sarebbe stato anche il processo ad O'Grady da affrontare.

Qualcuno le posò una mano sulla spalla, scuotendola dalle proprie riflessioni.

Rea si voltò e si trovò faccia a faccia con un volto ormai a lei familiare.

-Ciao, Celeste. Te ne vai anche tu?- domandò.

-Ho fatto tutto quello che dovevo fare- rispose l'Angelo femmina.

Quindi, inaspettatamente, l'abbracciò.

-Coraggio, bambina!- le sussurrò, dandole dei colpetti affettuosi sulla spalla.

Un attimo dopo, Morea si ritrovò da sola nel corridoio dell'ospedale.

"No!" si disse poi, volgendo gli occhi al cielo: "non da sola!"

Mai più sola.

Lanciò un ultimo sguardo nel punto esatto in cui Andrew era scomparso.

Quindi si voltò, si asciugò le lacrime e s'incamminò lentamente verso la stanza di Jenny, per festeggiare insieme agli altri.

Printed in Great Britain
by Amazon